以前的人曾說，
天空上有著未來。
然而，
實際造訪過後，
結果卻只能在那裡
找到「現在」。
現在大家都說，
天空底下有著過去。
然而，
實際下去一看，
那裡卻只有整片
灰茫茫的「現在」。
既然這樣，
我們的未來在哪裡？
答案……
肯定只在
我的手掌中。
U0025694
末日時
在做什麼？
有沒有空？
可以來拯救嗎？2
what THE END?
you busy?
枯野 瑛
Akira Kareno
illustration
ue

我們只認得這片天空、這座城鎮。
既沒有辦法和其他東西做比較，也不會去比。
即使如此，不，正因為如此，才能挺起胸膛這麼說——
我們愛著這片天空與城鎮。
菲樂可露比亞

菈琪旭
我討厭……
可怕的事物。
最可怕的事，
就是變得什麼也不怕。
可蓉
別擔心！
有可蓉在，
所以沒問題的！
花朵綻放以後，只有等待枯萎凋零的命運。
即使如此，小小的花苞們仍夢想花開的那一天，隨風搖曳著。

「話說回來，你都沒變啊。」

「哎，畢竟我之前變成了石像。

話雖如此，被澈底改變的你這麼講，倒是很令人感慨。」

「我指的不是外表，而是你不忍心放著小女孩不管的個性。

居然連跨越時代，甚至跨越種族以後還是沒變，真是服了你。」

「別用那種容易造成誤解的說法。你以前也半斤八兩吧。

你有一次不是替我好好地照顧了那些小不點嗎？」

「因為那是在愛爾梅莉亞面前。

在憧憬的女性面前耍帥是人之常情吧。

要不然，誰想跟那種聒噪的生物扯上關係啊。」

「搞什麼，原來你是那樣看待愛爾的嗎？」

「——慢著。別發出殺氣。那都是往事了。我叫你慢著。」

末日時
在做什麼？
有沒有空？
可以來拯救嗎？
2

枯野 瑛
Akira Kareno
illustration ue

Kadokawa Fantastic Novels

末日時
在做什麼？
有沒有空？
可以來拯救嗎？

contents

「如今已是遙遠的夢—— A」
-the fellowship-

所謂的傳送魔法並沒有外界所想的那麼方便。

透過魔力儀式將有所距離的兩地以咒脈相連，再打開擬造物理性迴廊讓「行李」通過。藉由這種方式，就可以省去原本要花上數個月的漫長旅程，將物資或人才送達遠方——原來如此，單是這麼聽起來，簡直就是夢幻般的技術。甚至有人類進化已臻此境之感。

然而，世上當然沒有那麼便宜的事。假如不配合太陽與月亮的位置來搭建儀式場地就到不了目的地；且參加儀式的所有術師都得將魔力催發到將近燃盡才會生效；移轉對象若是生物更會造成莫大負擔。夢幻技術的背後往往隱藏有嚴苛的現實。

因為如此，在這塊大陸上能享受傳送魔法恩惠的人僅限兩種：必須迅速傳達重大情報的通訊局人員，還有能單槍匹馬或以極少數精銳改變戰況的部分軍人及冒險者（Adventurer）而已。

——位於皇國領土邊境提法納地區一隅，遭棄置的山中小屋。

「不是說好正午集合嗎？」

小屋內聚集了三名男女。

其中之一的威廉一臉疲倦地環顧整個房間。無論確認多少次，現場包含他在內都只有三個人。和原本該出現在那裡的臉孔數目差了四個左右。

「其他人遲到了嗎？受不了，真拿他們沒轍。」

「不不不不不！你若無其事地講那什麼厚臉皮的話！你自己也是在過正午以後才到這裡的吧？」

「只要你不提，那種小事就不會被剩下那四人發現吧？」

「你是怎麼冒出那種想法的！串供又不能改變事實，再說我根本沒理由不提吧！」

「怎樣都好，史旺，你別大呼小叫了。由於用傳送魔法橫越大陸的反作用力，搞得我從剛才起頭就痛個不停。」

「你以為是誰害的啊！」

少年咒蹟師(Thaumaturgist)——史旺嘶聲吼完以後，無力地垂下肩膀。

輕盈金髮和淡藍色眼睛；瘦小身軀配上中性的臉孔。唉，若是敘述到這裡，仍算是在異性間吃香的容貌，但是不論時間場合，他永遠都穿著純白長袍，下擺還拖在地上，因此白白糟蹋了許多優勢。

「每次只要一跟你講話都會變成這樣。除了你，可沒有別人能讓我失控到這種地步耶——『黑瑪瑙劍鬼（Black Agate Swordmaster）』。」

「之前就叫你別用那個稱呼了吧？」

「你又開始講起莫名其妙的話了。聽起來明明就很帥氣，你有什麼不滿？不對，即使很帥氣，當然還是遠遠不如我的真名『極星大術師（Magus of Pole star）』就是了。那是格局上的差距所以沒辦法。」

「ＯＫ，你差不多該閉嘴了，那就別的意義而言，會令我的頭痛更加惡化。」

「唔，那是什麼意思！」

儘管史旺還是在嘀咕，不過威廉沒繼續理他，而是把目光轉向房間裡的另一個人。

「結果妳還是來啦，黎拉。」

「嗯？黍膜意酥（什麼意思）？」

原本一邊啃餅乾一邊讀著某本書的少女抬起頭。

色澤如烤焦紅磚的朱紅髮絲翩然搖曳。

「我說過妳可以逃吧？」

「啊～尤咬醬那菓喔（又要講那個喔）？」

黎拉喀哩喀哩地咬碎口中叼著的那塊餅乾說：

「有什麼辦法嘛，我不做的話誰來做？」

「我來做。」

「又來了，你明明就辦不到。」

威廉「唔」地把話吞回。

被人將絲毫不經粉飾的事實擺到眼前，他無話可說。

「對不起喔，我抱著輕佻的心態上戰場。誰教本小姐是才華洋溢得前所未見的大天才呢～？」

黎拉語氣帶有挖苦味道地咯咯發笑。

威廉感到目瞪口呆，然而僅有苦澀確實留在嘴裡，他嘀咕：

「妳喔……」

「妳什麼妳？雖然說已經亡國了，余可是正統的王家血脈繼承人喔。你要懂得尊敬。」

「是是是。公主殿下，您今天似乎人品依舊低劣呢。」

「哎呀，真討厭。會不會是因為身邊人們都爛到骨子裡的關係？平日來往的夥伴還是要慎選比較好呢。」

「是喔。既然如此，妳就不需要這個嘍。」

威廉輕輕地晃了晃從懷裡掏出來的餅乾包裹。

「愛爾梅莉亞叫我帶來『分給大家一起吃』，可是也沒道理分給夥伴以外的人嘛。」

「愛爾妹妹的餅乾？」

黎拉頓時把身子探了過來。

「威廉，我們永遠都是夥伴對不對！」

「啊～雖然妳這個人從人品、個性、脾氣、本性乃至於心眼兒都一無可取，我對妳見風轉舵的速度倒有點欽佩。」

「欽佩就順便把女兒許配給我好不好，岳父大人？」

「我才不把女兒交給勇者(Brave)那種危險的傢伙。」

「唔，那就沒辦法嘍。」

說時遲那時快，黎拉一把搶走袋子，把內容物倒進裝餅乾的容器裡。

「那是所有人的份喔，也要預留艾咪他們的份啊。」

「知道知道。」

黎拉愛理不理地應聲，開始抓起餅乾大快朵頤。慢一拍的史旺大叫：「妳很詐耶！」

也跟著加入。

「你們喔。」

大夥兒互相拌嘴，要說這樣一如往常倒也沒錯。

「……欸。」

「嗯～？」

「黎拉，妳為什麼要戰鬥？」

「還要提那個？夠了吧，怎樣都好嘛。人就算沒有理由也可以上戰場，有天分就可以打得漂亮。那不就好了嗎？」

「假如妳是真心那麼說，的確，那樣就夠了。即使內心無法認同，我照樣可以接受。不過從妳的口氣聽起來——」

「你覺得我在說謊嗎，我說了什麼謊？」

要是威廉聽得出其中虛實，一開始就省得受罪了。

在他答不上話時，黎拉便擺了架子說：看吧。

「你只要閉嘴跟在我後面，小裡小氣地幫忙開道就夠啦。另外呢，大概也需要你來調整瑟尼歐里斯，外加之前那種按摩。反正你的存在價值頂多只有那些，乖乖顧好自己做得到的事情就對了。」

黎拉說完，又趾高氣昂地哼了幾聲。

威廉什麼也反駁不了。

其實，他心裡想說的話多得是。比方說，黎拉笑得一如往常的臉，為何看起來像是隨時都會哭出來——然而，他不明白理由，因此也無法點出問題所在。

即使他們作為夥伴並肩而戰，即使他們像現在這樣互相嬉鬧共度時光，威廉還是不懂黎拉在想什麼。

「欸。」

「嗯～這次又怎麼了？」

「我啊，果然還是討厭妳。」

「啊～」

黎拉咧嘴露出滿面笑容——

「我知道！」

然後，她莫名得意地如此告訴威廉。

黎拉在想些什麼？
她在隱瞞什麼？
直到最後，威廉都沒能知曉。

「不歸者與持續等待者」

-dice in pot-

1. 爾後，時光流逝

據說二樓走廊深處最近會漏雨。

實際過去看過以後，可以曉得那看來需要做一些木工活兒來處理。正式修理得在日後到鎮上找業者動工，目前先做應急處理應該就行了。既然如此，需要用到木板及──

「──欸，有沒有人曉得木槌放在哪裡？」

威廉回頭詢問，眼前沒任何人在。

奇怪了──如此心想的他歪頭。

這陣子在威廉旁邊，一直都有個髮色如藍天的少女，那已經成了常態。因此威廉剛才也覺得她應該就在身邊，才會開口詢問。然而……

「珂朵莉？」

即使呼喚對方的名字，也得不到回應。

異樣感慢慢地在威廉心裡膨脹。

「艾瑟雅？蓮？」

威廉也試著叫了與珂朵莉感情要好的兩人名字，但還是無人回應。

他決定打住修理漏雨的工作，先去找那些少女。

威廉在建築物裡到處走動。從一樓走廊的這頭走到那頭。閱覽室、遊戲室、訓練用品擺放區、廚房與餐廳。然後爬上二樓，仔細巡視每一個房間。

他來到外頭，在森林當中行走。找遍濕地，還前往市區，將店面依序瞧一遍。書店、鐘錶店、映像晶館、精品店、簡餐店、精肉店。都不在，到處都沒有她們的蹤跡。

威廉也試著將遇見的妖精統統攔住，然後一一打聽。可是得到的答案都一樣。沒看見，不知道，不曉得。

喂喂喂，這是怎麼回事？當威廉偏頭思索時，有人從背後拍了他的肩膀。

回頭一看，高個子的女食人鬼（Troll）——妮戈蘭正落寞地微笑著。

「接受事實吧。」

她平靜地告訴威廉。

「那些孩子已經死了。」

——啥？

「那些孩子已經不存在於任何地方了。」

怎麼可能，她在說些什麼？

這座懸浮大陸群（Regulu Ere）滿常瀕臨滅亡的危機。

據說，侵略者會以可觀的頻率從荒廢大地乘風而至。而且要對抗他們得用古代的超級兵器，只有具備年幼少女外貌及心靈的妖精們才能啟動那些兵器與之作戰。

少女們嬌小的肩膀上，肩負著整座大陸群的命運。是既扭曲又不穩定，更無法看見未來的末日之世。

「你忘了嗎？你之前曾送那些孩子出征。」

威廉記得，他不可能忘。

可是，他們講好了。只要珂朵莉活著回來，他願意答應任何要求。

威廉叫那傢伙活著回來，而她笑答：「包在我身上。」

所以……那些傢伙……絕對會——

「你還是早點習慣比較好喔。畢竟在這個世界，那樣的事情是家常便飯。」

妮戈蘭的嗓音無比溫柔，彷彿在哄不聽勸的孩子。

順著她的目光看去，有四個不知何時聚集在那裡的小小妖精身影。平時總是天真地吵吵鬧鬧的四個小不點們，如今都莫名安靜地站在一起。

四人宛如人造物般面無表情，直直地望著威廉。

纖瘦的臂彎裡，各自捧著似曾相識的劍。

她們同時開口說：

「我們要走了。」

瞬時間，強風吹起。威廉不禁用手臂掩護雙眼。

等他再次睜眼時，四人的身影已經不在了。

不知道是從哪裡飛來的，有根白羽毛翩然飄落於威廉眼前。然而，在羽毛觸及地面前一刻，強風再次吹起，將它載到了另一片天空。

「還是習慣比較好喔。」

妮戈蘭重複剛才講過的話，然後便緘口不語。

慢著。

別開玩笑了。

習慣比較好。威廉聽得懂字面上的意思，不過到底要習慣什麼？

珂朵莉呢，艾瑟雅呢，奈芙蓮呢，她們在哪裡，何時會回來？

剛才那四個人——可蓉、菈琪旭、潘麗寶和緹亞忒帶著劍去哪裡了？她們是去做什麼？

疑問無法找到解答。

當然，即使找到了，威廉也不可能接受那種鬼話。就算被說是逃避現實，就算被譏為小孩子耍賴，他也不會認同。

「認清現實。」

討厭，別說了。別擺出那樣的實情。

假如那就是現實，威廉再也不想看到那種情景。

因此他閉上眼睛，摀住耳朵，開始在腦海背誦歷屆正規勇者(Legal brave)的名諱，好讓自己什麼都不想。從小記得的眾多專有名詞，開始幫忙洗刷腦海裡的雜念。阿貝爾．繆凱勒。托魯班．薛諾爾。香玉貝卡。不報名號的黑衣人。

「——吉拿．諾登。朽刃瓦利……」

威廉睜開眼睛。

他茫然地望了天花板幾秒。

然後他看向窗戶，又花了幾秒確認晨曦正從淡棕色窗簾的另一側照進來。

「異鄉人尼爾斯……黎拉．亞斯普萊……」

威廉推開毛毯，緩緩地起身。

他吱嘎作響地扭了扭脖子。

花了這麼長一段時間掌握現況以後──

「幸好只是作夢！混帳東西！」

他含淚抱頭大吼。

†

並非一切的一切，都只是威廉夢中的假象。

這座懸浮大陸群的確為如履薄冰般的世界無誤，而那層薄冰目前是由遠古骨董和運用骨董的少女們來支撐亦屬事實。

珂朵莉、艾瑟雅、奈芙蓮三名少女已前往凶險戰場，他自己──職務為管理妖精士兵（至少名義上是如此）的威廉．克梅修曾目送她們出征。整件事的來龍去脈到此都沒錯。

然後，那個夢還有另一點忠於現實。

戰鬥開始至今已過了半個月。

少女們到現在還沒有回來。

2. 在螢幕的這一邊

兩隻，不，兩名直立的大型蜥蜴正情調十足地面對面。

其中一名蜥蜴體格壯碩，身穿立領軍服。首先，從款式就可看出他應為雄性，不，男性。而由另一邊身穿豪華禮服的身影看來，則可以推測是女性。

兩人之間沒有話語。

能感受到歷史的石砌街景構成背景。兩人站在橫越市內水路的大拱橋上。

太陽早已下山。瓦斯燈綻放的微弱光芒，只從漆黑世界中映照出兩人的身影。那個世界中並無其他人類的身影——不對，此屬理所當然——也沒有其他種族的身影，甚至令人懷疑是整個世界拋下了他們倆而消失無蹤。

蜥蜴中的男方將舌頭在嘴邊吞吐。

蜥蜴中的女方睜大渾圓的眼睛。

光是如此，應該就完成某種溝通了。兩人悄悄地互相貼近，確認彼此的體溫——原來身為變溫動物的牠們也有那種習慣嗎？

或許是為了體貼幽會的兩人吧。瓦斯燈的光忽明忽滅，不久便熄了。

夜色擴展開來，溫柔地將相愛的兩人逐漸籠罩。

隨後，故事靜靜拉下了帷幕——

驀地。

播完今天的戲碼以後，照晶石的光盈滿整間映像晶室。

「嗯。」潘麗寶一臉通曉世故地點頭。

「哦～」可蓉露出了有所感佩的表情。

「哇啊……」緹亞忒眼裡閃閃發亮。

「…………」菈琪旭愣愣地張著嘴。

在妖精倉庫（此為宿舍名稱）一向活蹦亂跳的小不點們，實屬難得地表露出四人四種感動的模樣，靜靜地對劇情看得出神。

一旁的威廉則獨自按著太陽穴，正在對抗輕微的頭痛。

（……簡直是莫名其妙……）

總之，威廉知道剛才那是類似愛情故事的某種影片。

但他無法理解得更深。

愛情故事這種玩意兒，基本上得找個登場角色投入感情，否則至少要有討喜的俊男美女陣容才會看得愉快。然而，面對登場角色全是爬蟲族的怪影片，任何欣賞方式對威廉來說都嫌難了點。

種族的高牆實在堅不可摧。

†

記錄晶石正如其名，是可以擷取周圍景象並加以記錄的特殊石英（Quartz）。可拍攝的影像精確度及總量等等，會根據琢磨方式的類別與精度，還有晶石本身的純度及大小而變化。配合其方向與波長用光投射，記錄的景象就能投影到外界；也可微調角度以選擇投影的影片，應用這種技術，還能將記錄好的一連串情景栩栩如生地播映出來。由於所需的器材並沒有那麼昂貴，若是中型以下的晶石，連市井的映像晶館也有能力設置，其中原理便是如此這般。

哎，技術性的事情無關緊要。

重要的是，懸浮大陸群有那樣的技術存在。而且，從那衍生的影像記錄文化正在普及。

縱使不特地跑到大都市的劇場，只要到備齊記錄晶石的映像晶館走一趟，就可以觀賞想看的戲碼。儘管既沒有聲音，影像又難以用鮮明來形容，即使如此，「無」與「有」之間仍存在極大的差異。這一點對於創作故事（Fiction）在懸浮大陸群的普及起了相當大的作用——但是……

威廉帶著四個小不點走出映像晶館。

「好精彩～！」眼裡散發光彩的緹亞忒讚嘆。

「好成熟～！」嚷嚷著莫名其妙評語的可蓉附和。

「嗯哼！」呼吸急促的潘麗寶挺起肩膀。

「我將來也要那樣……」菈琪旭陶醉地望著遠方。

「…………唉。」威廉則獨自垂下肩膀。

她們四個「出生」為妖精並沒有經過多久時間。無論外觀、身體、心靈都是未滿十歲的孩童。所以在進入映像晶館之際，會被要求需有監護者陪同。

哎，因為那樣的理由，威廉才落得陪她們四個的下場就是了。

「好累……」

這些黃金妖精(Leprechaun)的外表，屬於所謂的無徵種。無角、無獠牙、無鱗片、無獸耳，酷似以往據說曾在大地上繁榮的人族(Emnetwiht)。要說到差異，頂多只有她們頭髮及眼睛大多生得顏色鮮豔這一點。

明明如此，為什麼看完蜥蜴的愛情故事，她們卻有這樣的感想？

原因是出在性別，還是年齡，或者是出生時代的差異？難不成出生在懸浮大陸群的任何人，都理所當然地可以享受那樣的影片，只有他自己成了異類？唉，真是世風日下。

「呃，你怎麼了嗎？」

從威廉的斜下方，傳來了好像在表示關心的聲音。

大概是他的模樣看起來怪怪的吧，菈琪旭正仰望著他的臉孔。

「威廉，打起精神～！」

有什麼蹦到了威廉背上，在他感覺到的下個瞬間，可蓉已經用短短的手腳漂亮地勒住了他的右肩與肘關節。只靠短短的手腳，還真是靈活。

「喝啊！氣魄！拿出氣魄！」

「嗯，直接連頸動脈也勒住就完美了。」

「不不不行啦！可蓉快下來，潘麗寶也不要亂慫恿！」

啊，菈琪旭是乖孩子。可蓉和潘麗寶則是壞孩子。哎，反正小朋友有活力最好，從那樣的觀點來看，她們都算好孩子就是了。話說可蓉這一招還滿痛的，該怎麼解套？威廉用還沒恢復過來的腦子茫然地如此思考。

……於是，感覺到目光的他，回頭看了最後一個人。

「緹亞忒，怎麼了嗎？」

「咦？」

「妳在想事情？」

緹亞忒大概是意外威廉會跟她講話，一瞬間露出了愣住的臉色。

「呃，那個……我在想，你最近沒有精神，會不會是因為學姊呢……？」

「學姊？啊，妳是指珂朵莉她們嗎？」

「是……是的。」

原來如此，學姊嗎？緹亞忒用這種詞來稱呼形同家人的珂朵莉，讓威廉覺得有些不太協調。

然而，這些妖精好歹隸屬軍方——精確來說則是軍用預備品——她們的個人差異固然懸殊，不過對長輩會用那樣的稱呼來表示敬意，倒也沒有奇怪之處。

「哎，是那樣沒錯。」

威廉覺得沒什麼好隱瞞，便實話實說了。

「咦！」

緹亞忒卻莫名其妙地驚呼。

「實際上我的確冷靜不下來。因為她們沒回來，害我今天早上甚至作了怪夢。」

「連作夢都夢到！」

「哇啊啊啊……」

緹亞忒和菈琪旭的表情都莫名燦爛。

和她們剛才在映像晶館看蜥蜴愛情故事時的臉一樣。

「……不，等等。妳們在想像什麼？」

「你果然正在壓抑著難受的心情等待心愛的人回來，對不對？」

「好棒喔……大人之間的愛情……」

威廉不懂她們倆在說什麼。

「噢，有精神的大人！」

「在人來人往的路上赤裸裸地告白啊，管理員真有勇氣。」

威廉更不懂另外兩個人在說什麼。還有，他被固定住的右臂差不多開始難受了。

「——擔心自己人是合情合理的吧。才沒有誇張到要跟愛不愛扯上關係。話說妳們都不會擔心嗎？」

「為什麼要擔心？」

「妳居然還問為什麼。」

「即使不特地擔心，學姊她們若是平安就會回來。萬一回不來，即使擔心也沒用。」

緹亞忒平淡地講出這種話。

啊——威廉這才想到。她們是妖精，用來消耗在戰事上的生命。或許是因為如此，她們有著對生命不太執著的傾向。

原來那種看淡生命的觀念不只適用於她們自己，也適用於其他同族。

（像珂朵莉那樣，應該算相當稀奇的吧。）

珂朵莉說過，她才不想死。

她也不想讓可愛的學妹們遭受危險，即使那沒有用話語表達，態度也已經訴說了一切。

珂朵莉的那種畏懼，在威廉眼裡看來是可取的。和在這世界找不到自己活下去有何價值的他相比，威廉覺得珂朵莉活得「更有人性」。

雖然威廉並沒有自覺，但是他會替那傢伙撐腰，或許也是出於那樣的因素。

「所謂的擔心並不是那樣的。」

由於右臂動不了，威廉只好扭身將左手放到緹亞忒頭上。

「我想妳們遲早也會懂吧。」

「等……等一下！不要把我當小孩啦！」

「至少，珂朵莉就在擔心妳們幾個喔。」

「……學姊擔心我們，為什麼？」

「大概是因為成熟吧。至少她比妳成熟。」

緹亞忒「唔」地鼓起腮幫子──

「我曉得了！那我也要擔心學姊她們！」

然後朝著藍天，威風地做出有些不著邊際的宣言。

「噢～！」可蓉發出搞不清情況的歡呼。

「加油。」潘麗寶滿不在乎地應聲。

「成熟……果然珂朵莉學姊在威廉先生眼中看來也會覺得成熟……」菈琪旭一邊嘀咕，一邊轉著眼珠子。她們說的這些話，威廉決定當成沒聽見。

「——好了，可蓉。妳再不放手，我的韌帶與其他部位就慘了。下來吧。」

「我還沒聽到你說投降！」

「啊～投降投降。」

「好！」

唰。可蓉身輕如燕地跳了下來。

冷風吹過街上。威廉忍不住微微打了個哆嗦。

天空高懸，雲朵稀疏。

季節正慢慢地準備轉變。

†

那座設施位在六十八號懸浮島的森林裡。

從外觀與機能來說，可供近五十人過團體生活，算是小有規模的宿舍，是感覺略具歷史的木造二樓建築。旁邊還有經人細心照料的小小菜園及花壇。而在稍遠處，另有面積較小的操場。

這裡在文件上被記載成軍方用來收藏祕密兵器的「倉庫」。而且除了為管理預備品而滯留的最低限度人員以外，並沒有任何人居住。

敘述中會出現「被記載成」這段文字，當然就表示事實並不是那樣。

有超過三十個妖精生活於此。

在文件上只被當成物品的少女們，都活潑得不像純粹的兵器，鬧哄哄地過著每一天。

在那樣一座「倉庫」的樓頂。

大量掛著的洗滌衣物正隨風飄揚。

「——討厭，天氣好像要轉壞了。」

有個女子將剛收下來的床單捧在胸前，仰望著天空。

「欸，那個看起來滿好吃的人。有空的話能不能幫忙一下？」

「有事我會幫，別用那種方式喊人。」

「咦～？在我們族人之間，這是最棒的讚美耶！」

「你們整族人都應該將大陸群公用語言從頭學起，現在馬上。」

威廉一邊隨口和女子拌嘴，一邊捧起放在旁邊的竹籃，然後從靠近自己的洗滌衣物依序收進籃子裡。

風開始帶著微微的溼氣。的確，感覺快要下雨了。

「哼～總覺得威廉最近都冷落食人鬼。」

女子像幼童一樣地鼓起腮幫子。由於那副姿態怪適合她，讓威廉臉部微微抽搐。

妮戈蘭似乎就是先前所述的，位居「為管理預備品而滯留的最低限度人員」立場的一分子。

外表目測年齡二十多歲。個頭高，視線高度與身為男性的威廉相差無幾。品味似乎略接近少女，喜歡穿可愛的圍裙洋裝、鑲著荷葉邊的連身裙之類的衣服。

還有，妮戈蘭當然並不是妖精。如當事者所說，她是食人鬼。居住在人們身邊，用笑容面對人們，而且嗜食人肉的高大鬼族。

「少胡說。我從初次見面時就一直對妳這麼冷漠。」

「好狠心喔～我覺得認真講出那種話的男人值得非議耶。」

薄薄的烏雲開始瀰漫在天空中。看來動作要快點才好。

威廉在山一般堆滿籃子的床單上又疊了新的床單。

「這點妳也不用操心。會讓我擺出這種態度的人，目前全世界只有妳一個。」

「唔。你獻殷勤的詞有點獨特呢，我好像稍稍心動了。」

「我再說一次。你們整族人都應該去重修公用語言。」

「哼～明明你對珂朵莉她們講話就那麼溫柔～」

滴答。一粒雨珠在威廉腳邊染出灰色痕漬。

「先動手再動口，快一點。」

「知道了啦！」

兩人又慌慌張張地繼續忙著幹活。

——傾盆般的大雨滂滂落下。

不知道從哪裡冒出的漆黑雲朵已經籠罩了整個天空。明明時間還早，窗外卻昏暗得像夜晚。

「好險，要是再磨蹭一會兒，就要全部重洗了。」

洗滌衣物收完以後，兩人來到妮戈蘭的私人房間。這是因為她提議：喝個茶歇會兒吧。

「所以說，你有什麼事？」

妮戈蘭一邊把暖爐的火點著，一邊冷不防地問了威廉。

「啊？」

「你不是有事找我才到樓頂的嗎？」

「是啊……」

這麼說來，確實是那樣沒錯。

「怎麼講好呢……我覺得也差不多該有平安與否的聯絡了吧？」

「啊，你在說珂朵莉她們？」

當然了，正是如此。威廉默默點頭。

「這次作戰格外費時，我想我之前就跟你說過了。」

「是聽過啦。可是已經過半個月了耶，難道都不會傳來她們幾個是否還平安，或者戰事還要持續多久之類的消息？」

「不會喔。」

「回答得也太快了！為什麼？為什麼不會？」

「要問為什麼，因為事情就是那樣啊……你想聽詳情？」

在妮戈蘭用眼神相勸下，威廉無言地就座。

像魔法一樣不知道從哪裡拿出來的茶具組，依序被擺上小茶几。

「你對那些孩子的敵人〈深潛的第六獸(Timere)〉有所認識吧？」

「透過資料略知一二。是屬性不明且頑強的傢伙，大小與強度幾乎成正比。」

「沒錯。其頑強的理由，在於那些傢伙會高速成長還有分裂。即使一殺再殺，牠也會以屍體當肉盾，從尚未死透的內側創造出自己的新分身。還不只那樣，每次分裂更會讓牠慢慢變強。

就算那樣，假如是對付常見的小顆分身，只要耐心將所有部位殺死十次，分裂也會到極限。不過這次的規模少說也有兩百層以上的外殼才對，要對付就花時間了。」

當然，她們並不是二十四小時都一直在戰鬥。畢竟從一開始就曉得要打長期戰，自然會準備周全。據說為了爭取讓妖精們休息的時間，還有大批壯碩的爬蟲族砲兵隨行。

雖然聽了也會想說：既然如此就讓那些肌肉蜥蜴直接上場作戰啊。但倘若不是帶著聖劍(Carillon)這種古代兵器的妖精們，便無法對敵人造成有效傷害——而且，基本上作戰正是她們存在的理由，所以也無可奈何。

「既然都決定不讓珂朵莉動用『妖精鄉之門』了，這場戰事的問題只在能不能一路殺到將敵人最後一層殼剝掉而已喔。

然而，牠的殼具體來說有幾層，現在又破壞了多少，這些我們都沒有手段能得知。因此，我也無法知曉戰鬥還要持續多久。」

哎，即使如此遲早還是會結束，況且以基礎戰力而言是足以壓倒敵人的，要分勝負應該也沒有那麼不利就是了——妮戈蘭隨口說出這些看法。

「既然這樣，至少給個是否還平安的聯絡吧。」

「現場布有層積型的抑制陣，因此飛空艇既不能飛，通訊晶石也不管用。還有四周的氣流已變得異常，所以找有翼種族挑戰也不可行。頂多只能從超望遠距離確認戰鬥是否仍在進行。」

妮戈蘭用手指轉呀轉地一邊撥弄自己的紅髮，一邊又說：

「哎，那些孩子在戰鬥中沒有任何聯絡的理由，差不多就是如此。

我剛來這裡的時候，問過和你現在幾乎一模一樣的問題。然後，得到的答覆大致就是我剛才所告訴你的那些話。還有什麼其他想問的嗎？」

「……沒有。」

威廉垂下肩膀。

「妳現在看起來倒是滿從容。已經看慣了嗎？」

「並沒有。別看我這樣，一顆心還是會懸在那裡。這陣子都為了完全沒食慾而發愁呢。」

唉──妮戈蘭發出長長的嘆息。

威廉覺得只聽那一段，還真是令人慶幸的事情。

「不過，無論有什麼樣的理由，小朋友們明明都可以保持平常心，年長者總不能自己先恐慌吧？」

「要說的話，或許是那樣沒錯啦。」

放在暖爐上的水壺(Kettle)噴出蒸氣。

威廉斜眼望著妮戈蘭俐落地準備沖紅茶的身影──

「之前我並不知道，只能等待會這麼難受。」

然後，他用嘔氣似的嗓音如此嘀咕。

妮戈蘭臉上的賊笑蓋過了不安的表情。

「我從葛力克那裡聽說了，起初你還講了有點帥氣的看法吧？因為你相信那些孩子，所以無論有什麼結果都會接受，大意上好像是這樣。」

「沒有什麼起不起初的區別啦。我的覺悟到現在也沒變。

只不過……我當時又沒想到會拖這麼久。呃，我並沒有不安或者心神不寧，只是開始有點掛懷罷了。」

「只是開始有點掛懷？」

「就只是開始有點掛懷。有錯嗎？」

「這無關對錯啊，只是感覺你裝得既酷又高深莫測的形象又快要瓦解而已。」

妮戈蘭擺出稍作思索的臉。

「啊——我懂了，原來如此。其實你屬於不在自己地盤就不敢逞能的類型，對不對？」

「唔。」

「所以遇到不熟悉的狀況就不曉得自己該做什麼才好，只能東晃西晃。還滿典型的，說來就是對自己沒信心的男生吧。」

「唔唔。」

威廉被批評得很慘，不過悲哀的是他無法反駁。

妮戈蘭在桌上交抱雙臂，將下巴擱在上頭。

「——一會兒慌張一會兒沮喪。你現在的樣子，真的光看就很有意思呢。」

接著，她又淡然講出讓威廉內心受傷的話。

「妳簡直是魔鬼心腸。」

「誰教我是鬼呢。剛才被你說得那麼狠，這是回敬你的。」

食人鬼壞心眼地吐了舌頭又說：

「順便告訴把人家當鬼的你，像這種時候要是閒著，心思就會不停空轉喔。換個環境，硬讓自己忙不過來也是一種消解的方法。」

「哼。我了解妳的居心。所以妳有差事想交給我，對吧？」

「答對了。」

鬼露出獰笑。

威廉思索。儘管口氣像在開玩笑，不過這個鬼女說的也有道理。

威廉不認為就這樣繼續擔心珂朵莉等人是件錯事。不過，他自己本來就打算一直過著與以前無異的日常生活。威廉應該一邊那樣過活，一邊繼續等她們歸來。好比家人在如今不復存在的故鄉養育院等他回去時那樣。

既然如此，這項提議就值得答應。

為了讓他自己能泰然自若地等著那些小丫頭回來。

「我明白了。那妳究竟想要我做什麼？」

威廉這麼一答話，妮戈蘭便輕輕地在胸前拍掌。

「雖然稍微遠了點，但我有個地方想請你跑一趟。」

她如此告訴威廉。

3. 古老的城都與古老的人

據說，緹亞忒作了個夢。

她在理應沒去過的某個地方，看到了理應沒看過的光景，還跟理應沒見過的某個人說了話。如此的夢境。

光聽她所說，會覺得好像沒有什麼奇怪的部分。夢這種東西大多都是那樣的。既有對實際體驗的追憶，也會夢見全無印象又支離破碎的幻影。

然而，僅對她們妖精而言，似乎是另當別論。

該怎麼說呢，她們醒過來的瞬間，似乎就會「領悟」到這是特別的夢。縱使有溫暖有恐懼，有歡樂有悲傷，卻與不會在現實中留下任何痕跡的普通夢境有根本上的差異，既無道理也無理由，她們就是能篤定那一點。

而且，那就是徵兆。

†

——那傢伙說過，要去的地方稍微遠了點。

猛一想，威廉覺得當時應該先做確認的。所謂「有點遠」，具體而言是指多遠的距離？

離開島上，轉搭好幾艘飛空艇，幾乎隨風搖擺了整整一天。

直到體力被乘坐交通工具的疲倦耗盡，威廉才總算抵達目的地。

十一號懸浮島，科里拿第爾契市。

有石塊的氣味。

威廉走下飛空艇舷梯以後，首先注意到的就是那一點。

若要說明得細一點，那是歷史悠久的石塊或紅磚味，那是長年來一直被踩踏的石版道氣味，那是當地居民的氣味，那是吹過街頭的風的氣味。

港灣區旁邊有交易廣場。當天似乎正好是舉辦定期市場的日子，可以看到有年紀的帆布棚規規矩矩地排列成行。再過去則有亮眼的紅褐色與灰白色市容。

街上行人的種族多彩多姿，幾乎看不出哪一族偏多。硬要說的話似乎是狼徵族（Lycanthropos）相對較多，不過那頂多算無意中的觀感。也能零星看見和威廉他們一樣的「無徵種」。在這裡似乎不用拿風帽或帽子遮頭。

「……哦。」

威廉忍不住發出感嘆的聲音。

「嚇我一跳，這裡遠比想像中更像個古都嘛。」

之前威廉聽人提過。該地擁有四百年以上的歷史，在這座懸浮大陸群中是最為古老的都市。如此漫長的期間，既沒有在戰火中付之一炬，也沒有被來自大地的侵略者毀滅，是由時光累積而成的稀有城市。

話雖如此，懸浮大陸群本來就在天上。

不會有古靈族（Elf）從鄰近的大森林攻打過來，也不會有豚頭族（Ork）從地平線彼端大舉湧來。任何地方都找不到以燒毀民宅為樂的棘手龍族（Dragon），對名為人族的物種發出肅清宣言的凶狠星神也早就身亡。在這個時間點，「未於戰火中付之一炬」的稀有性便幾乎消失了。

另外，這裡位於天上，也就代表資材有限。尤其是從懸浮島裁切石材，等於直接削減掉自己生活的土地。因此，石材這種物資自然就成了相對昂貴的建材。而且，石砌的街道比外觀所見更消耗石材。

所以，說起這裡是懸浮大陸群屈指可數的大都市兼首屈一指的古都時，威廉原本認為和過去大地上的都市相比。應該沒什麼了不起，因此都只有隨便聽聽。不過，這下他似乎得反省自己之前輕視的態度才行。

像是從木桶生了手腳似的自律人偶（Golem）正捧著木箱匆匆忙忙地到處跑。怕撞上對方的威廉一讓路，自律人偶就簡單地行禮說：「感謝～」然後跑掉了。居然連自律人偶的人工智能都設計得親切有禮，觀光及交易興盛的城市果真是別有特色。

如此想著，威廉正準備邁步——

「喂？」

他發現同行者的身影不在旁邊，便回過頭去。

「——————哇啊。」

在飛空艇的舷梯上。

眼裡大放光彩的緹亞忒站著不動。

她目瞪口呆地張大嘴巴，帶著彷彿參雜了歡喜、驚愕與敬畏之色的表情，心已經澈澈底底地飛了。

「喂，趕快跟上來。」

即使威廉開口呼喚，緹亞忒還是沒反應。意識都不知道神遊到哪裡去了。

「喂。」

他折回去用手指彈了緹亞忒的額頭。

「好痛喔！」

「趕快走吧。一直坐著的天空旅程夠累人了，別讓我多花工夫。」

「可……可是，這裡是十一號懸浮島耶！貨真價實的科里拿第爾契市！」

「哎，是那樣沒錯。」

「充滿歷史的場所！藍天的珠寶盒！浪漫與傳說的燉鍋！」

緹亞忒激動地說。燉鍋是啥意思？威廉心想。

「有好多名作都是以這裡為舞台喔！」

「離開六十八號島以後，妳到哪裡都只會講那句不是嗎？而且每次轉乘時，妳就眼睛發亮。」

「誰教我以前都沒有離開過島上……不是啦！這座島和這座城市是特別的！地位不一樣！」

緹亞忒一邊拚命強調，一邊用碎步趕到威廉身邊。

可以感受到周圍有目光聚集過來。那是排擠「無徵種」的目光——不，那是對溫馨家庭表示關愛的視線。威廉和緹亞忒應該是被誤以為是第一次從某處鄉下懸浮島來到大都市的兄妹了。

哎，那樣解讀也不算錯得太離譜。

這些女孩平時都住在那塊狹窄的天地，她們的世界僅限於透過書本或映晶石得知的事物。光離開島上就能讓心情亢奮起來。況且，這裡似乎是緹亞忒喜愛作品的舞台。她會樂成這樣也並非不能理解。

「好啦，要走嘍。我們不是來觀光的。」

儘管並非不能理解，但一直予以尊重也沒完沒了。

「咦～讓我多沉浸一下嘛，喂！」

威廉拉著小小的手走了起來。身後傳來嘻嘻的笑聲。雖然他以為自己早就習慣遭人側目了，可是這種氣氛實在不好受。

「啊，你看那邊，可……可不可以讓我過去近看呢！」

「……看什麼啦？」

緹亞忒目光所指的方向有大廣場，噴水池，還有——

「法爾西塔紀念廣場的大賢者像！」

堂堂佇立於中央的，老人雕像。

「就算妳這麼說……」

威廉瞇眼觀察雕像。那是面容精悍，帶著風帽的老人雕像。

或許它算藝術性作品，但威廉原本就分不出那方面的優劣。他連人族製作的藝術品都不太能理解了，更不可能評價異種族製作的東西。假如是女性雕像，或許他至少還可以從男性的觀點評論，不過面對老爺爺，他也無能為力。

「那有什麼特別的？」

「它是很久以前興建這座城市的人的銅像，也是情侶幽會的必經之地！因為這裡在好多故事裡都有成為舞台！」

「舞台？」

「你想嘛，在《科里拿第爾契的星與風》最後一幕，『紅銹鼻(Rust Nose)』就是在這裡吃炸馬鈴薯的啊！」

看來，緹亞忒似乎也不是對那座雕像的藝術價值感興趣。

「有流傳的說法認為，情投意合的兩人只要在雕像前發誓永遠相愛，就能得到五年的幸福……」

「還真是半吊子的傳說。」

明明是發誓要永遠相愛的，難不成情侶們在第六年會出什麼事嗎？不對，那種事情現在也無關緊要。

「要觀光免談。別忘了，妳是基於職責來這裡的。」

「唔……」

威廉這一句似乎讓緹亞忒想起了自己的立場。她放下原本興奮得使勁高舉的左臂，連帶也垂下肩膀。

「妳要當個像珂朵莉那樣出色的妖精兵，對吧？」

「對呢，說得是。嗯，沒錯。我沒有忘記。」

緹亞忒讓目光落到腳邊，然後甩掉被威廉牽著的右手，無精打采地走了起來。

「走吧。」

威廉停下腳步。緹亞忒則在走了十步左右以後回頭。

「怎麼了嗎？」

「啊～……回去的飛空艇，是在明天傍晚出發。」

「嗯？那又怎樣？」

「辦完職責內的事以後，我想應該會有時間讓妳散步得久一點吧。」

「…………」

緹亞忒好像沒有馬上聽懂那句話的意思。

她原本明顯消沉的臉，花了些時間慢慢地變成滿面的笑容。

緹亞忒噠噠噠地折回十步的距離以後，就一把抓住威廉的手。

「走了啦，別磨蹭了！」

是是是，大小姐，小的明白。

威廉忍住笑意，任她牽著手走了起來。

——一陣刺痛。

驀然間，小小的異樣感拂過威廉的後腦杓。

那是他以前在大地上當準勇者(Quasi brave)時熟悉的感覺。

(……有惡意……?)

還不只單數。有某一群人,對另外的某一群人抱持著敵意。現場瀰漫著抗爭前夕特有的一絲緊張感。

話雖如此,規模並不大,敵意針對的也不是威廉他們。

「你怎麼了啦?」

「嗯?沒有,沒什麼事。」

乍看下像和平觀光景點的這塊地方,不知道該說是難免,或者正因為如此,似乎也潛藏著麻煩事的種子。

(哎……和我無關吧……)

威廉沒興趣連那種不會落到自己身上的星星之火都特地去拍掉。

他決定擱下不管,任緹亞忒拉著手走在街上。

†

面對毀滅世界的那些〈獸〉，沒有聖劍就無法對抗。

然而，只有獲選之人，才能使用聖劍。

而且，先不論能否獲選，問題在於人族早在許久以前就滅亡了。

因此，無人能對抗那些〈獸〉。世界末日到了。

——人們並沒有順從得可以接受如此單純的道理。

既然人族已經不在，另找頂替就行了。

有可以取代的存在。自古與人類相伴，還會用人類的道具幫人類工作的小小自然現象。年幼夭折的孩童靈魂未能理解自己的死，於此世遊蕩到最後所產生的東西。

據說在過去的世界，它們曾是身高只到成人膝蓋的矮人模樣。然而，如今現身於世上的它們變得更接近人類——長成了年幼少女的模樣。儘管外貌改變的原因不明，但正好可以將武器交給它們使用。而且不管模樣怎麼變，它們的本質恐怕始終如一。

為了留在人身邊。為了幫助人。

跟在人背後，模仿人所做的事情。

它們會為此出現，也會為此消失。

「……話雖如此，要說是否任何妖精都能使用遺跡兵器(Dagr weapon)，倒也不是那麼回事。素質本身似乎是所有妖精都具備，但年紀太小就不會發揮出來。」

「喔。」

威廉的脖子有點痛。

坐在他眼前的男子是個巨人。

差不多是威廉的兩倍，肌肉隆隆的體格。

還有，對方是禿頭，長著獠牙，身穿白衣，黑框眼鏡（大概是訂製的）底下的單眼散發出知性光彩，頭銜為「醫生」。

「這裡是奧爾蘭多旗下的綜合施療院。器材和藥劑都備有懸浮大陸群首屈一指的貨色。夢見『徵兆』的妖精就要來這裡，將身體『調整』到可以作為成體妖精兵作戰。畢竟遺跡兵器數量稀少，敵人又強大。光是讓身體還沒發育好的妖精帶著劍上陣硬拚，也沒有任何好處。」

嗓音和緩，語氣恭敬，說的內容也理性。可是，唯獨體格無比類似於自生怪物(Monstrous)。不協調感實在難以抹去。

「……那緹亞忒現在人在哪裡？」

或許是配合其身高施工的吧，這個房間的天花板位置格外高。從貓狗的視野看人類世界大概就是這種感覺，威廉茫然地如此心想。

「那個妖精正在接受身體檢查。她在另一邊的房間，有女醫幫忙照料。」

「那麼，理應是主治醫生的你為什麼在這裡偷懶？」

「我只是把可以交出去的工作讓別人接手，之外的事才由我處理。我想趁現在和你談一談。威廉．克梅修老弟。」

威廉皺眉。他在這名男子面前還沒有報上姓名。

「不不不不不，麻煩你戒心別那麼重。」巨人醫生揮著雙手解釋：「我並沒有用什麼見不得人的管道調查你的事情，只是從小妮的信裡聽說過而已。」

小妮？……啊，是指妮戈蘭嗎？威廉心想。

「你用的管道可疑到極點嘛。」

「被你一說，我確實也有那種感覺。」

原來對方同意啊。雖然話是威廉自己說的，不過妮戈蘭也挺可憐。

「總之，你——」

像是要打斷巨人的話，遠方傳來了不知來自何處的小小炸裂聲。

間隔幾乎相同，重複了三次。

「火藥槍？」

「好像吧。八成是滅殺奉史騎士團。」

「……抱歉，大概是我對公用語言不熟的關係，剛才沒聽清楚。你說滅……滅什麼？」

「滅殺奉史騎士團。」

「聽起來像年輕氣盛過了頭才會取那種五年後就會後悔的名號，那是哪門子的騎士團啊？」

「那是無法接受現任市長（Mayor）政策就到處作亂的年輕人團體啦。所謂騎士團只是他們自稱的，不過因為他們背後有舊貴族派當靠山，也許意外地算師出有名。」

「喔。」

原來如此，那就是威廉先前感受到的敵意真面目。

「反正亮槍就不平靜了。類似激進派和傳統派的對立問題嗎？」

「大概接近你所說的。古時候這裡是屬於獸人的城市，但他們有地盤意識強烈的傾向。因此也有許多獸人堅稱這座城市的歷史就是他們的歷史，不太樂見與其他種族之間的交流。」

「哦。」

歷史。歷史是嗎？

威廉試著回想以往的世界，回想居住於王都的人們。那裡是歷史頂多兩百年不到的都市，但居民大多對自己的都市感到自豪或者有感情。

『——自豪這種情緒，在本質上跟驕傲是一樣的。將有價值的某種東西和本身套上關係，來保證自己的價值。靠那種自我滿足來鞏固內心。

常有人說吧。因用法而異，任何藥物都可以變成毒物，反之亦然。

自豪也是一樣。因用法而異，可以變得美麗，也可以變得醜陋。不知道幸或不幸地生在高貴人家的妳，得先把這一點記在腦袋才行。』

威廉將自個兒浮現的師父那番話從腦海裡草草地趕走。那個男人說的話全都煞有介事，霸占著腦裡的一角，久久不肯消失。基本上剛才那番話是說給師妹聽的，明明他只是在旁聽見而已。

「大白天就傳出槍響的城市，應該也沒什麼傳統可言吧。」

「想法未經統一，在大組織裡是常有的事。再說，或許那幫人的上層也認為只要能讓外人不再靠近，就不構成問題。」

「原來如此。」

威廉覺得說來有可能，稍微思索以後就坦然點頭了。

「在活了超過五百年的你看來，會不會覺得四百年的歷史沒什麼了不起？」

不知道巨人對剛才短暫的沉默如何解讀，他問了奇妙的問題。

「……我的五百年過得毫無累積，稱不上歷史吧。我沒傲慢到把那拿來相比。」

「你真謙虛。」

「光是嚴重睡過頭就引以為傲，只會丟臉吧。再說……」

威廉語塞。

「再說──怎麼樣？」

對方帶著笑容催他繼續說。

單眼鬼(Cyclops)的笑容恐怖。小孩看了絕對會哭。搞不好還會對心靈造成一些創傷。

儘管威廉既不是小孩也不覺得怕──

「……沒什麼啦。」

他揮揮手敷衍過去。

「嗯？」

巨人像在偷窺威廉內心似的瞇細單眼。

「哎，也是。

對你而言，這座懸浮大陸群就像夢中的世界。即使你覺得現實感淡薄，或者一切看起來都像假造品也不奇怪。那樣的世界提出四百年這種數字，大概也無法打動你。」

「我沒那樣說吧。」

「這樣嗎。是我失禮了。」

巨人晃了晃魁梧身軀，然後聳肩。

門板被敲響，穿白衣的爬蟲族走進房間。

來者在個人體格差距懸殊的爬蟲族中，應該算略為嬌小。對方朝威廉微微行禮以後，就將幾張文件遞給巨人，並離開房間。

「……緹亞忒小妹的診斷結果出來了。」

「我可以聽嗎？」

「當然了，我正有此意。呃……」

巨人伸手扶正眼鏡的位置。

他搭配註釋唸出內容。據文件指出，緹亞忒的身體發育狀況符合其年齡，健康狀態沒得說。大概只有過度攝取牛奶導致消化器官略有負擔，以及某幾顆牙齒快要蛀掉這兩點有問題。

「以後我會要她注意。」

用手指揉太陽穴的威廉回答。

可以想到不少頭緒。緹亞忒動不動就會說：「我要長高！」然後一口氣猛灌牛奶（每次都嗆得一臉快死的樣子），對甜食的執著也高人一倍。被人鄭重點出這些毛病，實在是慚愧不已。

「來自前世的侵蝕原本最令人掛心，不過都停留在淺層。嗯，她肯定會成為好的妖精兵。」

「……侵蝕？」

「沒錯，就是侵蝕。因為她們無一例外地屬於轉生體，應該說就是死者的魂魄本身。在長成現在的樣貌之前，都曾經是另外一個人。要是遺留或想起那段記憶，對目前具備的人格及肉體會造成嚴重的負面影響。」

威廉還沒理解巨人所說的內容，就先對他滔滔講出的說明感到疑惑。

「與其說是醫學，那算咒術的領域不是嗎？難道這年頭的醫生也通曉死靈術（Necromancy）？」

「對治療患者有用的知識，都算是醫學。你說對吧？」

巨人說完便揚起嘴角。看來他似乎是抱著打趣的意思。

「哎，關於咒術方面，同樣沒必要特別擔心緹亞忒小妹。她確實保有自我。狀態良好喔。」

「若是那樣就好了。」

——有什麼令威廉在意。

彷彿小骨頭哽在喉嚨深處的異樣感。可是，卻摸不清其真面目。

†

為了將體質調整到適合擔任妖精兵，似乎得把緹亞忒交給施療院照料約整整一天才行。

或許是威廉聽到要投藥或使用催眠暗示，使得臉上表露出不安的關係——

「你不用擔心，這對身體幾乎沒負擔。以往獲得遺跡兵器適性的那些妖精兵大多經歷過這一段。」

被對方那麼一說，他總不能無緣無故就開始抱怨。

「我去了以後就會成長得有模有樣，請你抱著期待等我！」

威廉輕輕摸了摸元氣十足地豎起大拇指的緹亞忒的頭。

「調整以後好像也不會長高喔。」

他在緹亞忒耳邊如此細語。

「我……我又沒有期待那種事！真的喔！」

然後帶著笑容，將面紅耳赤地那麼主張的緹亞忒送走。

威廉帶著笑容，送走了她。

『我去了以後就會成長得有模有樣，請你抱著期待等我！』

對於成長得有模有樣的她，我們這些人到底該期待什麼？

這還用問。就是上戰場。

以兵器的身分戰鬥，消耗，乃至力竭。

好讓她們作為兵器誕生、接受培育、完成於此的「生涯」得到完成。

這個世界似乎正慢慢走向結束。

威廉自己的故事，也老早就結束了。

而且，他目前正在為她們的結束提供一臂之力。

「這可不是讓人心情舒坦的差事。」

威廉輕輕搖頭以後，決定去找今晚投宿的地方。

4. 一個結果

獨自一人的威廉，沒有作夢，迎接了早晨。

身體狀態十分良好。然而，心情卻不太愉快。

「……靜不住。」

威廉躺在柔軟床鋪上，咕噥似的發出嘆息。

他之所以盡想到討厭的事情，八成都是這張床害的。

用的棉被應該價格不菲，背脊陷得頗深。有種異樣感。

床蓬也很高，還刻著魄力十足的巨龍圖案，這同樣讓威廉靜不住。

科里拿第爾契市護翼軍司令總部，指揮官用休息室。

休息室只是徒具其名，這是間大小及設備都堪稱氣派的客房。

威廉既沒有受過軍官教育，更未在戰場上累積功勳。但即使如此，他仍透過特殊（不正當）原委得到了二等咒器技官的威風頭銜。「執行任務期間請暫住這裡。」——威廉亮出身分證與來自妮戈蘭的介紹函以後，便有人接待他到這個房間。

二等技官還真有地位……

事到如今，威廉才實際體認到那種蠢事。

要成為大人物，原本就需要相應的來頭。如果不具實力、財力或身家背景，想出人頭地就無望。而這裡，就是用來款待已達條件者的房間。

葛力克究竟用了什麼手段幫忙安插自己到二等技官的職位，基本上威廉從那部分就不甚清楚。考慮到至今都沒有引起問題，感覺並不像單純偽造或竄改文件就是了。

無論如何，地位、權利與威廉本身的價值不相襯這一點是毋庸置疑的。因此，他也會有種像在欺騙那些認真士兵的愧疚感，內心就更加靜不住了。

「散個步好了……」

去接緹亞忒是在傍晚以後。時間上相當充裕。

基本上，威廉會來這麼遠的島，正是因為他一閒下來就不會思考什麼有益的事。既然如此，待在房裡無所事事並沒有意義。至少，他應該去逛逛這個以浪漫與傳說的燉鍋而聞名的城市。

「反正回去以前，大概會被緹亞忒拖著到處跑吧。」

畢竟緹亞忒是那麼的期待。一旦要觀光卻因為迷路消耗掉時間，落得那樣的下場未免也太可憐——不，到時要把八成會消沉沮喪的那傢伙拖回六十八號島就有些麻煩了。

所以，先把醒目的景點探勘一遍應該也不錯。

威廉「咯咯咯」地低聲笑完，便稍微提起勁了。

當威廉來到玄關大門附近的走廊時發現。

窗外的整片街景正開始沾染成黑色。

下雨了。

「為什麼挑在這時候下啊？」

走廊一角的天花板漏雨，還有大水桶擺在底下。

從外頭看起來氣派的這棟建築物果然也上了年紀，有些地方自然會出毛病的樣子。穿軍服的綠鬼族(Bogre)們正在聚首討論木板在哪兒，木槌在哪兒。

「哎……雨中的古都自有其風情，也不算壞吧，大概。」

要傘的話，在護翼軍總部這裡應該借得到。假如行不通，到附近的土產店買一把就好。

就在此時——

「呀啊！」

或許是威廉仰望天空想事情的關係，他的反應遲了一點。

威廉差點和闖進玄關大門的女子迎面撞上。

在意識來不及反應的時間空檔，深植於腦內的條件反射擅自讓身體有了動作。女子的行動被視為敵方突襲，身體遂以最小的動作從直線上閃開，並順勢躲進死角。快要跌倒的女子頸根遭到瞄準，手刀一揮——

直到出手前一刻，威廉才總算用意識克制住失控的反射神經。

「哎呀。」

他收起手刀，用胳臂摟住女子的腰，然後將對方扶穩。呀啊！微微的尖叫聲如此傳出。

「呃，那個……」

「真危險。我平時都叫妳們跑步要看前——啊，不對。」

平日的習慣讓訓斥語句奪口而出。威廉發現對方並非那些小不隆咚的妖精，便帶著苦笑將話打住。

他讓女子在原地站好之後才將人放開。

是個狼徵族女孩。

看起來既白又軟的體毛薄薄地蓋著皮膚。五官屬於高鼻子的犬狼類臉孔。只有堅挺的兩隻耳朵長滿了色澤像稻稈稍微烤焦的體毛。從她穿著作工精美的絲絹禮服這一點來看，應當是出身於好人家。

那樣的大家閨秀，為什麼會在這場雨中趕來軍方設施？她看上去不像士兵，但衛兵肯放行就代表至少是相關人士吧？

「感謝您出手……相救……」

女孩帶著一副還沒有理解發生什麼事的表情，恭敬地對威廉低頭行禮。即使從她端雅的身段來看，依然與這個地方毫不搭調。

「跑步不看前面可危險了，尤其在軍方設施裡，誰曉得危險物品會在放在哪邊。」

「啊，是的，非常抱歉。」

威廉對再次行禮的女孩隨便點了頭——

「那我告辭了。」

然後便決定盡早離開現場。

威廉討厭麻煩事。尤其排斥和女人或小孩扯上關係的那種。因為無論如何都逃不掉。怎麼說呢？一旦聽到女人小孩求救還夾著尾巴逃走是不被允許的。這大概，不，這肯定是師父的教育所致。這是那個臭老頭的無聊訓誨至今仍化為威廉的血肉留存下來所致。

因為如此。既然聞到了麻煩事的氣息，在對方求救前就先溜自然是再好不過。

以前，威廉常被人評為想法扭曲或只有半吊子的溫柔。那種事他早有自覺。然而不管是誰，無法好好掌控住本身心思的人，在旁人看來都是既扭曲又半吊子的。所以他覺得自己沒有理虧也沒有過錯。這就逃吧。

「那……那個，請等一下！」

威廉沒能逃掉。

他背對著女孩，只將脖子生硬地轉回去。

「怎樣啦？要追究觸摸到妳的事，我可不會道歉喔。」

「不，那部分的責任在本小姐身上，因此我願意休兵。」

「這樣啊，通情理最好……呃，休兵？」

女孩不理威廉的疑問。

「並不是那樣的。我有事情想拜託『灰岩皮』一等武官，麻煩讓我拜見他好嗎？」

「灰岩……皮……咦？」

有威廉聽過的名字冒了出來。

生著乳白色鱗片的爬蟲族壯漢。率領妖精們上戰場的當事者。威廉・克梅修二等咒器技官名義上的直屬上司。

然而他目前——

「假如妳要找那隻大蜥蜴，他正在遙遠的天空底下和敵人交戰喔。」

為了擊退據說已飄流到十五號懸浮島的〈深潛的第六獸〉，「灰岩皮」帶珂朵莉等人過去了。而且，那場戰事仍未見終結。

啊，不對，有點語病。

原則上，懸浮島編號相近，距離也就相近。這裡是十一號懸浮島，因此和十五號懸浮島並沒有相隔得那麼極端。搭飛空艇晃個兩小時應該就會到。所以說，形容成遙遠的天空底下就略嫌浮誇了——但是威廉倒不會特地改口。

「他何時會回來？」

「不清楚。倒不如說我才想知道。」

這是威廉的真心話。

「由於層積型抑制陣造成的各種因素，通訊都被阻斷了。戰報似乎只有在分出勝負時才會捎到。說來對心臟實在不好。」

「這樣啊……」

女孩垂下肩膀，兩耳低垂。反應很好懂。

「哎，妳有事就找旁邊的其他士兵——」

威廉打算用下巴指碰巧經過的綠鬼族。

鼓譟聲傳來。

建築物裡的眾人，突然慌慌忙忙地有了動作。

不知從哪裡跑來的士兵就近攔住其他人，兩人才剛低聲交談過什麼，又各自散開不知道跑去哪裡。

唯有狀況出了某種變化這一點，光看就能夠理解。

而且，有直覺告訴威廉，看來那屬於眾人並不冀望的變化。

「怎……怎麼了嗎？」

獸人女孩困惑地縮緊身子。不過，威廉顧不得那些，他一把抓住了正要從眼前跑過的豚頭族人的脖子。

「出什麼事了？」

他簡潔地問。

「這……這是機密。情報只准用規定的聯絡管道傳遞。」

「認真執勤真是辛苦了，雖然我也想這樣誇你啦。」

威廉朝豚頭族的階級瞥了一眼作確認。是普通兵。

於是他亮出自己那塊綉在軍服上的階級章告訴對方：

「我是威廉．克梅修二等咒器技官。遺跡兵器及黃金──操作該類武器的士兵歸我負責管理。當然了，我也有權限閱覽所有運用那些物資所進行之戰鬥的相關資訊。」

這是謊話。威廉根本不清楚自己的地位有多少權限。因為他沒興趣，之前並無意願去釐清。

所以，威廉現在得徹底擺出官威。

「我重新要求你透露情報。**出什麼事了**？」

他加重語氣，並且逼近對方。

豚頭族畏懼似的抖了抖肩膀以後才回答：

「第一船團有聯絡了。是關於在十五號懸浮島的戰鬥結果。」

威廉停下呼吸。

來自第一船團的聯絡。十五號懸浮島的交戰結果。

那是他本來認為自己一直想知道的訊息。

戰鬥的進展是哪一方占優勢？什麼時候會結束？她們還平安嗎——在這之前，那些過程都被名為抑制陣的面紗掩蓋著。威廉他們無法得知任何一項消息。威廉什麼心理準備都做不了。

結果，她們幾個到底怎麼了？

「我方在與〈第六獸〉的戰鬥中——」

縱使不把話聽到最後。

豚頭族的表情，也已經道出了一切。

因此，威廉笑了。

因為他的內心揪成了一團。

因為他對理應做好覺悟的結果，對理應決定要順其自然地接受的結局，變得不知道該如何面對了。

威廉帶著只將嘴角揚起的無力笑容。

聽了那句話。

「——敗北了。」

威廉眼前一片昏黑。

雙腿失去力氣的他當場癱倒在地。

「你……你還好嗎！」

獸人女孩趕到威廉身旁。可是，別說要回應對方伸出來的手，他連頭都無法抬起。

太蠢了吧。

威廉內心某處，有另一個自己感到傻眼。

這不是值得驚訝的事才對。更不是足以令他受衝擊的事才對。

勝算頂多五成多一點。那應該是威廉自己講過的話。他應該從最初就明白，她們有五成不到的機率會落敗。

「哈哈……哈……」

因為他扭曲的嘴角，仍保持著笑容的形狀。

令人驚訝的是，只有笑聲從喉嚨深處輕易冒了出來。

只有笑聲冒出來而已。

†

「……我覺得早點聯絡比較好。」

「就是啊～畢竟我想某人大概都等到心臟狂跳了。」

「不過……」

「情有可原。我准許妳們使用通訊晶石。」

「妳看，大人物都這樣說了。」

「可是！用通訊晶石的話，對方看得到我們這邊的模樣吧？」

「哎，東西就是那樣用的嘛。有什麼問題嗎？」

「拜託！我們弄得像這樣全身泥巴，穿的衣服也不可愛，連頭髮都亂糟糟的！」

「有什麼關係，順其自然啊。再說彼此的交情早就不需要遮遮掩掩了吧？」

「哎喲，就算那樣，該怎麼說呢……」

「因為妳和她好幾天沒見面了？」

「對，就是那樣。該怎麼說呢？感覺會需要心理準備啊。」

†

「……啥……？」

在某個地方聽過的嗓音。

伴隨著腳步聲，正朝威廉這裡接近。

他抬頭看向那邊。

「唉～……要怎麼說啊？充滿少女情懷的腦袋瓜，近看時還滿煩人的耶～」

髮色如枯草的少女故作無奈似的搖頭。

「才不是那樣！要說的話，我是在顧忌最低限度的禮儀。」

髮色如藍天的少女挺肩反駁。

「拖到現在還強調自己不介意對方，我都不知道要說妳愛裝還是什麼了。昨天以前還那麼認命的珂朵莉到哪裡去啦？平時正經的女生一旦情竇初開就會失去分寸，所以管都管不住的說法，原來是真的耶～」

「嗯。」

長著樸素灰頭髮的少女微微點頭表示同意。

「妳們倆都衝著我來嗎！」

藍髮少女發出悲痛尖叫。

總覺得，三個少女都一副精疲力竭的模樣。頭髮不整，臉上沾了泥巴與塵埃，穿的更是土氣的麻布衣。原來如此，即使客套也很難說是有打扮沒錯。

還有一點。至少，就威廉從遠處所見。

她們三個都活著。

也沒有顯著的傷勢。

會活動，正在講話。

「哦。」艾瑟雅察覺威廉的視線了。

「嗯。」奈芙蓮偏了頭。

「咦？」珂朵莉回首，然後僵住。

「……妳們幾個啊啊啊！」

威廉原本一片昏黑的眼前，這會兒染白了。

雖然只有什麼都看不見這一點沒變，即使如此，身體卻已經明白該去哪裡，該做些什麼了。

——連屈膝都不需要。也不必蓄勁。不用花那種時間。威廉使出全身扭力，讓身體向前如滑行般急墜。若按照動物身體原本的機能構造，用腿力將全身推向前，那樣的作法無論如何都會在頭一步落後於人。在以往人族與力量更勝於己的敵人互相剿殺的時代，曾追求過以超越極限的速度疾驅於地，那樣的技術在極北盡頭開創，在西方戰場經過鑽研，然後淬鍊成結晶。據說正式名稱叫鶯贊崩疾的這種技術，屬於在眾多冒險者及準勇者當中也只有一小撮人學得會的困難招式，但只要花下足夠的苦功練成，便是連古靈種的動態視力都能瞞過的絕技。

發招後的效果概括來說，就是「直到剛才還無力地跪著的男子，幾乎連預備動作都沒有，就忽然以眼睛看不見的速度衝了過來」。於是——

「什什什什什什麼！咦……咦……咦咦咦咦咦！」

下個瞬間，原本應該和威廉有段距離的珂朵莉，已經被他用全力抱在懷裡了。

「等……等一下，會痛，好難過，沒辦法呼吸，我會不好意思，我身上都是泥巴又到處都是擦傷又沒有洗澡而且大家都在看，喂！你有沒有在聽啊！」

當事人大概也不知道自己在說什麼的抗議聲音，當然都沒有傳進威廉耳裡。

「……這個人從哪裡冒出來的啊？」

艾瑟雅發問，然後仰望站在她身旁的爬蟲族壯漢——「灰岩皮」一等武官，但對方只是微微聳肩，什麼也不回答。

「所以我才說，早點聯絡會比較好。」

奈芙蓮嘀咕。

「妳剛才確實有提過啦，不過妳連技官會崩潰成這樣都料到了嗎？」

「崩潰？」

「妳看嘛。這位大哥屬於愛把自己裝得酷一點，然後帥氣地將事情處理到位的類型不是嗎？要不然，他也會像彆扭鬼一樣擺出嘲諷的態度。可是兩種作風都跟他不太搭調，讓人覺得怪可愛的。」

艾瑟雅將豎起的一根指頭轉呀轉地說：

「所以該怎麼說呢～？我本來以為他會輕輕摸頭然後內斂地講一聲：『幹得好。』珂朵莉就會發飆：『多說些什麼啦！』我想像的是像那種耍帥型的重逢方式。」

「……威廉從之前就是這樣子。」

另一邊的奈芙蓮，則瞥向慌張的珂朵莉淡然說道。

「他非常拚命，直性情，都不太能顧及身邊。直到讓自己忙壞以前都不會停下，停下之後直到好起來以前都不會動。感覺好危險，讓人沒辦法擱著不理。」

「啊～我好像懂又好像不懂耶～」

艾瑟雅歪頭問：

「珂朵莉，關於那部分妳怎麼想？」

「我想的是妳們別開心聊天了，趕快來幫我！」

近似慘叫的抗議聲音。

「不過，我覺得妳讓他擁抱到滿意為止會比較好。」

「辦不到！我絕對會先因為背骨斷掉或窒息或不好意思而死掉！」

「既然妳還能講那麼多話，我倒覺得就不用擔心窒息了耶。」

「呼」地微微吐氣的奈芙蓮輕輕地拉了威廉的袖子。

她踮起腳尖，將嘴巴湊到威廉耳邊——

「不要緊。大家都在這裡。我們不會不見的。」

接著，又在細語後輕輕拍他的肩膀。

有效果。威廉的眼神慢慢地恢復理性了。

「……蓮。」

「嗯。」被叫到名字的奈芙蓮稍稍點頭。

「艾瑟雅。」

「技官好。」她舉起單手。

「還有……」威廉低頭看著自己的臂彎裡說：「珂朵莉。」

「反正你快點放手，因為這樣真的很不好意思！」

威廉環顧四周掌握狀況以後，才嘀咕「抱歉」並且鬆開手臂。

默默將身體分開的珂朵莉滿臉通紅，用厲眼瞪向威廉——

「還是老樣子耶。」

艾瑟雅壞心地取笑。

「嗯。」

奈芙蓮彷彿對什麼死心似的點頭。

——威廉的臉頰隨著耳光發出脆響。

「人人本著正義之名」

-from dawn till dusk-

1. 愛與正義的正確用法

天花板格外高的作戰室。

擺在房間中央的桌子同樣格外大張，恐怕是配合其尺寸特別訂作的座椅椅背也亂高一把。由於這裡是供各種族士兵聚集之處，應當為配合體格最高大者將諸項設備統整後的結果吧。

而且，體格恐怕最為高大的那位壯碩爬蟲族，目前正坐在他專用的牢固椅子上咯咯大笑。其表情與平常並沒有差別，因此實在詭異。

「緹亞忒出現成體妖精兵的發育徵兆了啊……還真快耶。」

坐在椅子上將腿晃來晃去的艾瑟雅偏頭。

三人都已經沖過熱水洗去塵埃，換上了女性用的軍便服。光是與平時便服不同的穿著就能讓她們顯得說不出的成熟，真不可思議。

「我原本以為，離那些小不點拿劍還要再等個兩年。」

「看來妳並不高興?」

臉頰依然紅腫的威廉問。

「哎,小時候就能上戰場又不盡然是好事。畢竟迷迷糊糊就陣亡的風險很大,即使征途順利也難保不會在心裡留下奇怪的陰影。坦白講,我心情很複雜。」

「就算那樣,還是要祝福她才可以啊。妳也曉得吧,那孩子一直都是把發育為成體當成目標在努力。」

珂朵莉從旁插嘴。

「要說的話,我當然知道啊……嗯,不過心情複雜就是複雜嘛。」

艾瑟雅皺了眉頭。

「我來到這裡的理由就是為了那個。

不提那些了,告訴我結果到底變成什麼樣了。我聽說你們在十五號島上戰敗了。可是,為什麼所有人都齊聚在這裡?」

「灰岩皮」頓時停住笑聲,並且用有如打磨過石頭般的眼珠子直直地望向威廉。

「負傷的戰士,由我來回答汝的疑問。」

「喔……好啊……」

沒想到會從「灰岩皮」那邊獲得回應，威廉心生困惑。

「我先要稱許。汝所研磨的劍鋒散發了光彩。獸之獠牙遭擊碎乃有目共睹。勝利凱歌本應與我方同在。然而……於占卜的彼端卻有陷阱作動。獠牙實為與其他獠牙一道。我厭惡與未知獠牙拚鬥之蠻勇，乃下決斷將其轟墜大地。」

………呃？

「抱歉。我一點也聽不懂。」

縱使〈灰岩皮〉不那樣講話，爬蟲族的上顎構造異於他人，其發音對威廉等人來說本來就難以聽懂。況且他恐怕習慣在遣辭用句上拐彎抹角，使得對話的難度又更高。

「這樣嗎。」

〈灰岩皮〉洩氣地垂下肩膀。原本那樣的動作就算讓人感到俏皮也不奇怪，但是對需要抬頭仰望的大蜥蜴而言根本不相襯。

「哎，簡單來說呢，我們面對被戰術預測捕捉到而成為問題的〈第六獸〉，本來已經快要打贏了啦。」

艾瑟雅插嘴。

她朝珂朵莉瞥了一眼以後又說：

「該怎麼形容呢？因為這個女生的力量暴增到莫名其妙的程度，所以戰鬥剛開場真的一路順利。

說真的，那到底是怎樣？我還一度認真考慮是不是可以全部交給她一個人，其他人通通撤退就好了。」

「極位古聖劍瑟尼歐里斯是連星神（Visitors）都能斬除的劍。只要讓正當的使用者正確地使用，才不會敗給那以外的對手——是吧？」

威廉試著拋出話題，珂朵莉卻依然把臉向著旁邊，不肯答話。

「完全是在鬧脾氣耶。」

艾瑟雅賊賊地笑了。威廉則咳了一聲清嗓。

「……繼續談下去吧。妳們原本快贏了，卻沒有贏。出了什麼事？」

「多了一隻沒有被戰術預測捕捉到的敵人啦。」

原本〈第六獸〉就是要殺好幾十次才能剿滅的怪物。而且每次被殺都會脫殼變強。這次脫殼量更是比往常大為增加，殺了兩百次都還活蹦亂跳，簡直有夠離譜的，明明我們這邊有突破極限的珂朵莉，卻從中盤開始連連苦戰，儘管那時候戰況已經相當不妙……

結果殺到第二百一十七次時，從殼中冒出了兩隻東西喔。」

「啥？」

威廉不小心發出傻氣的疑問聲。

「其中一隻跟之前一樣，是〈第六獸〉。

可是，另一隻就屬於不同的『某種生物』了。

預測能夠算盡所有〈第六獸〉的來襲，卻算也算不到會有其他敵人搭牠的便車進攻。

那傢伙跟〈第六獸〉不一樣，沒辦法高速成長，所以要出來外面才花了些時間吧。

因為火器好像幾乎不管用，可以推測牠大概是〈十七獸〉其中之一，不過進一步的情資就完全不曉得了。別說那是不是能打贏的對手，我們連要怎麼與其交戰都一無所知。

所以嘍，將那些傢伙連懸浮島一起砸到地上以後，我們就撤退回來了。」

啊，原來如此。〈十七獸〉全都沒有翅膀。因此才會靠碰巧飄流到島上這種效率不彰的手段進攻。那麼只要透過某種方式讓牠們回地上，就可以暫且驅逐眼前的威脅——

「——真的嗎？」

「真的。」

這個世界的生命失去大地以後，如今只能活在懸浮島上。

換言之。懸浮島等於目前僅剩的世界本身。失去其中一座，就表示這個小小的天地變得更加狹窄了。

「假如讓珂朵莉硬拚，應該說讓她失控的話或許就能澈底打倒敵人——蜥蜴士兵們之間也有滿多這樣的意見就是了。至於這邊的白蜥蜴先生則是判斷：在預測外的戰鬥做任何嘗試都是賭博，總不能將最強戰力押在不划算的賭局上用過即丟。」

嗯——白蜥蜴先生，也就是〈灰岩皮〉點頭。

「…………」

他不知為何先朝珂朵莉瞟了一眼才說：

「是故，我方敗北了。」

〈灰岩皮〉用聽不出情緒的語氣——雖然他平常就這樣——加以補充。

「沒什麼，你毋須煩憂。位於天上之物遲早會墜地。

況且，天命並未耗盡。

你來到這裡，想必亦為天命未盡的一項證明。此後我將變得忙碌。帶領一班戰士返家之務，能否交付予你？」

〈灰岩皮〉的目光對著三名妖精。

「要說的話……我是無所謂啦。」

威廉對接下來會變忙的說詞感到介意。

墜落的懸浮島恐怕再也無法挽回。這次敗戰意義深重，責任更是龐大。身為將領的他應該有許多非處理不可的事吧。但是，本人不願講明的內容，也不該趁現在問個清楚。

漫長危險的一役，來龍去脈便是如此吧。

「妳們三個都盡力了。」

儘管威廉對只有這點作用的自己感到丟臉，還是開口撫慰。

艾瑟雅嘻嘻笑了，奈芙蓮稍稍偏頭，此外——

「珂朵莉？」

——還有個完全將臉向著旁邊，看都不看威廉這裡的女孩。

「芳心不悅喔。」

表示「真拿她沒辦法」的艾瑟雅聳了聳肩。

「妳那樣做好嗎？」

奈芙蓮探頭看了珂朵莉的臉問。

「……少煩啦。」

於是，她得到小小聲咕噥的拒絕話語。

離開作戰室以後，有人等在那裡。
是個將尖挺耳朵不安地垂下的獸人女孩。
「咦？妳是剛才那個……」
威廉正打算出聲叫對方，女孩就望向了他的背後——
「伯伯！」
並發出聽似開心的聲音。
威廉緩緩回頭。那裡有魁梧的爬蟲族身影。
「伯伯？」
他一確認——
「嗯。」
對方便嚴肅地點頭。
「原來你是獸人？以獸人來說，你的毛皮倒長得像鱗片。」
「非也。」

「不然這女孩其實是爬蟲族嘍？以爬蟲族來說，她的鱗片倒長得像毛皮。」

「非也。這女孩是我老友的女兒。她從小就與我很親。」

反正八成也就那樣吧，事情和威廉猜的一樣沒意思。

「——怎麼了，菲兒？我應該跟妳說過，不要到這裡露面。」

〈灰岩皮〉用了略重的語氣，怪罪似的說。

「我是做好被責罵的心理準備才過來的。除了伯伯以外，我沒有其他人能拜託。」

女孩用抑揚頓挫薄弱的冷靜嗓音回答。

〈灰岩皮〉頓時挑了挑眉，威廉有這種感覺。當然他並沒有眉毛就是了。

「出了什麼事嗎？」

「有信寄來。信上說要是不取消典禮……就要暗殺我父親。」

聽得見不太平穩的字眼。威廉蹙眉。

「——嗯。」

「父親要我別放在心上。他說那是耍嘴皮子的恐嚇，越是理會，只會讓對方越得寸進尺。然而，我實在不那麼覺得。『他們』並非手段如此和緩的逆賊。

可是，既然父親都那樣說了，我想不到除了伯伯以外還能拜託誰。」

「所謂苦難，竟會沉重至此嗎？」

爬蟲族仰望天花板。

「菲兒。雖對妳過意不去，但我非走不可。」

「伯伯……」

獸人女孩的臉蒙上陰影。短暫而沉默的片刻經過。

「威廉。我有事相託。」

「我想拒絕。」

威廉立刻回答。

「……我尚未講任何話。」

「我想像得到。很抱歉，可是帶小孩的差事早就讓我忙不過來了。」

威廉知道在背後悶聲的珂朵莉壞了心情。她大概是不滿意被當成小孩對待，但威廉在這個節骨眼決定當作沒發現。

「我滿早就下定決心，不去接觸跟女人或小孩扯上關係的麻煩事。」

真沒說服力耶——艾瑟雅這麼嘀咕。她大概想說威廉講東講西，到最後還是深入插手了她們妖精兵的問題，不過威廉決定當作沒聽見。

「不得已……那麼，珂朵莉。身體狀況有無大礙？」

「咦？」

忽然被叫到名字的珂朵莉驚呼。

「啊，是的。我的身體已經恢復了。不過，我覺得要使用兵器仍然有困難。」

「無妨。那麼，這廝的問題就交由妳處理。」

珂朵莉眨了眨眼睛。

「啊……咦……那個……呃……」

大感困惑的她閉上眼睛，並且深呼吸。然後她重新睜眼說：

「不……不過，我是妖精耶？我對這個城市的事情什麼也不懂，又沒有當過護衛，而且剛結束長期戰的我根本無法催發魔力（Venenom）——」

「但是，看來我已無他人能相託。妳設法解決。」

「可是……那個……」

珂朵莉從旁瞄了威廉幾眼。

〈灰岩皮〉的用意很明顯。他不必直接要求威廉本人聽話。只要將重任推給任何一個妖精兵女孩，即使不多說什麼，威廉也會自己幫忙扛責任。這傢伙看準的就是那一點。

讓威廉不甘的是，〈灰岩皮〉對他看得實在準確。

「……居然用這種卑鄙的手段。你身為戰士的驕傲到哪裡去了？」

「誠心求勝，亦屬戰士該有的一面。」

那還真是變通靈活的戰士形象。

「我想我幾乎沒跟你講過話。難道我不小心做了什麼惹人嫌的事嗎？」

「令我感興趣之事，你倒有做過。」

「呃，可以的話，我希望這件事不要讓伯伯以外的人處理——」

原本打算平靜地插嘴的女孩，被〈灰岩皮〉伸掌制止。

「毋須擔心。雖然我還不知道這個男人能否信賴及信任，但可以期待。」

「那不是在誇獎我耶。」

「我亦無此意。」

微微點頭的〈灰岩皮〉邁步走去。

「剩下的交予妳了，珂朵莉。與並肩齊步的人們一同聽從風的引導，完成任務吧。」

「是……是的……」

留下的五人茫然地目送其背影離開。

與並肩齊步的人們一同完成任務——那隻臭蜥蜴是這麼說的。

開什麼玩笑，威廉心想。他憑什麼擅自決定別人走的路？

想歸想，嘴巴卻不能說出來。要是威廉做出那種反應，等於承認自己從一開始就打算護著珂朵莉。雖然威廉剛出過那麼大的洋相，好像早就跨過承不承認的階段了，即使如此他還是有不肯讓步的底線。

「呃……」

對方怯生生地開口。威廉則伸手制止說：

「抱歉，我先跟別人約好了。有話我們邊走邊談。」

†

雨後的古都，瀰漫著有別於昨日的風情。

紅磚道與水窪在白天的陽光映照下顯得燦爛耀眼。街頭四處擺設的眾多雕像，在陰翳不明的幽微光芒籠罩下，散發出某種可謂神聖莊嚴的氣息。

呼啊啊啊啊——打了一個不羞不臊的大呵欠。清涼澄澈的空氣滿注於肺，將縈繞在腦海角落的睡意逐漸洗去。

「好有氣氛的城市耶～」

使勁伸懶腰的艾瑟雅說。

「話說回來，讓我們像常人一樣在街上到處走沒問題嗎？在六十八號懸浮島以外的地方，妖精應該算禁止自由活動的耶。」

「妳們目前是在執行任務。剛才由備受敬畏的一等武官大人親自下令的。」

「不對啦，那也只有珂朵莉啊。再說，我們嚴格來講都是兵器，即使在戰場上可以被指揮，也無法接受正式的任務才對。」

「——既然如此，形式上大概就是納入我的指揮底下了。那隻大蜥蜴所寫的劇本……八成是『由於一等武官情非得已需離開現場，因此將指揮權委由在場的二等技官接掌』吧。」

「啊～這番話聽起來好權謀喔。」

「受不了。聽他自稱戰士簡直令人傻眼。」

「不對，簡簡單單就猜出那套劇本的二等技官根本也屬於同類喔。」

「真遺憾啊。竟這麼說如此心地清明的好青年。」

「唔哇～你好厚臉皮。」

艾瑟雅哈哈大笑。

威廉也咯咯咯地——有些自暴自棄的味道——笑了。

柔和的暖意悄悄地包裹住他的左臂。回頭看去，奈芙蓮正一臉若無其事地摟著他的手臂。

「欸，蓮。」

「嗯？」

「我可以問妳黏著我的理由嗎？」

「……有溫暖比較能安心吧。」

奈芙蓮一副「怎麼會特地問那種天經地義的事情呢？」的表情。

「威廉，你現在需要感受肌膚的溫暖。我的體溫略高於平均，所以能勝任。」

宛如在教導不懂事的小孩那樣，親切而溫柔的語氣。

「呃，妳體貼的心意倒是值得感激啦……」

即使體貼值得感激，為此做出的舉動就難說了。

幸好奈芙蓮的身材沒有起伏，至少不會讓威廉起邪念。他姑且算年輕力壯的男性，單就那一點而言是可以鬆口氣。

威廉用另一邊自由的手搔臉。

「我已經沒事了，放手。周圍的目光快要讓我介意得受不了啦。」

可以聽見路上來來往往的獸人們在低聲笑著。在他們眼裡，同樣身為無徵種的威廉和奈芙蓮恐怕像感情要好的家人吧。

「…………」

奈芙蓮默默盯著威廉的眼睛說：

「你稍微在硬撐。還不行。」

「現在這種狀況比較讓我想哭。」

我的老天——威廉垂下肩膀。語氣頗為認真。

「欸，珂朵莉。麻煩妳也說說她——」

威廉將頭轉過去。

無精打采地走著的珂朵莉抬起原本低垂的臉龐。她微微張口，尋覓要訴說的語句。找不著。她忽然臉紅，將臉轉向旁邊。

「少女心真複雜耶。」

艾瑟雅語氣困擾似的如此表示。

複雜可不是少女心的專利——差點脫口反駁的威廉把話吞了回去。要是講出那種話，誰曉得會被她們怎麼戲弄。另外，似乎在為他擔心的奈芙蓮要放手，八成會是滿久以後的事了。

——冷不防的重逢，還有同時出的洋相，將許許多多的情緒一塊趕跑了。因此威廉到現在連一句「妳們回來了」都還沒講，也沒聽見她們口中的「我回來了」。

事到如今，當然也沒有那樣互動的氣氛了。

（……唔唔……）

威廉並非希望上演感人的重逢場面。

他也不是想說自己沒有瀟灑地迎接三人就不滿意。

能夠確認這些傢伙都有平安回來，應該就要滿足了，實際上，威廉對那樣的結果並無不滿。

哎，所以說……

稍微鬧些尷尬的情緒，自己也必須接受。

他明白那一點。明白歸明白。

「難道說，我看起來那麼像在硬撐嗎？」

威廉一嘀咕，奈芙蓮的眼神便稍稍閃爍。

「你們啊，果然是臭味相投。」

艾瑟雅說出若有所指的話，然後微笑。

今天這傢伙的表情格外像是刻意為之呢，威廉心想。

威廉看了她的笑容——不知為何，有那種感覺。

†

沿途，威廉聽了獸人女孩所說的話。

女孩表示，她叫菲樂可露比亞·德里歐。

「啊？提到德里歐，難不成……？」

「是的。我父親就是這座科里拿第爾契市的現任市長。」

她語氣淡然地回答艾瑟雅的疑問。

不知道是父母的教養或天性如此，她是個難以看出情緒起伏的女孩。

被原本想依靠的「伯伯」甩在一旁，又被迫面對整群來路不明的怪異分子，她的內心肯定不平靜才對。明明如此，困惑或焦躁的情緒卻都沒有從臉孔及嗓音顯現出來。

「啊，果然是那樣喔。」

據聞，這裡的市長原本是在一代之間靠經商飛黃騰達的暴發戶，菲兒（由於名字長，她本人希望大家如此稱呼）就是該名商人老後所生的女兒。

本來普及於這座都市的是貴族制。導入市長這種制度則是短短十年前的事。因此，以過去的眾多貴族為中心，有不少人都對目前的政治體制本身懷有不滿。暴發戶市長這樣的存在，對那些人而言正好成了理所不容的政敵。

「哦。」

對於那部分的說明，威廉只有一邊應聲，一邊隨耳聽聽。

「既然這樣，妳之前說到的信是什麼？」

珂朵莉將話題繼續談下去。

就算是被點名接手處理整件事，威廉覺得她未免也太認真了。

「那是來自想讓我父親失勢，再安排舊貴族親屬坐上市長位子的派系的威脅信。

那些人將我父親指為玷汙本市傳統與歷史的存在，即使用盡手段也想將他排除。」

「哦。」

威廉又應聲。

這件事似乎在哪裡聽過——應該說，他昨天才在醫生那邊聽過這件事。由與這座寧靜城市並不協調的那陣槍響來判斷，「即使用盡手段」這句話涵蓋的範圍應該非常廣。

「下週末為了紀念中央聖堂改建完成，會舉辦典禮。我父親打算在現場談論這座城市應該追求的將來——向所有種族敞開門戶，擔任島與島之間貿易都市橋梁的將來。

我之前提的那派人，恐怕會派他們的爪牙『滅殺奉史騎士團』對現場發動攻擊。而且，他們應該打算警告所有協助我父親的人士。」

「……感覺像是年輕氣盛過了頭，大概五年後就會對本身名號感到後悔的騎士團耶。」

啊，艾瑟雅也那樣想嗎？威廉覺得他們的意見合得來。

「理所當然的，當天預定會派駐最低限度的警備人員。然而，考慮到滅殺奉史騎士團那群人的行事方式，我實在不認為那樣就夠了。

所以，我才想央求伯伯——〈灰岩皮〉一等武官出力幫忙。」

「妳怎麼看？」

威廉朝左手臂問。

「沒辦法。」

奈芙蓮立刻回答。

「護翼軍終究是為了對抗來自懸浮大陸群外的侵略者才存在的組織。不得干涉各個都市的政事。」

基本上，只有在個人或團體明確擾亂到治安的情況下，護翼軍可破例就近動用兵力鎮壓——不過，那到底屬於緊急情況下的特例。就算能夠預計會出現衝突，也無法事先配署兵力。那將被視為對政事的干涉。」

「——就像蓮所說的那樣。市長恐怕也明白那一點，才沒有主動拜託那隻蜥蜴派兵幫忙護衛吧。」

「怎麼會……正義明顯是站在我們這一方的喔。要誅討危害人世的惡棍，為什麼非得受到限制呢？」

「因為正義算不上動武的好理由。」

威廉斷然回答。

「反過來想。正義就是為了將動武的理由正當化才被提出來的。想攻擊人必定另有真正的理由。必定。因為想掠奪。因為想貶抑。因為想欺侮。因為心有不平。因為想抹消。因為想消解壓力。要不然就是那些理由的組合。」

威廉將手隨意一揮，像在吟誦古詩似的娓娓道來。

「可是動武的人不願承認那些。反正要打，就會希望毫無愧疚的情緒，痛痛快快地用全力揍對方一頓。

像那種時候，為了欺騙自己或己方，才會亮出名為正義的旗幟。

因為大家都無自覺地那麼做，真心相信正義的人彼此用全力互毆才會引發戰爭。自古至今都是那樣的。」

「你說那些……」

菲兒沉默下來。

——怎樣啦？威廉心想。

正義的價值，決定於取信其他人的說服力，以及本身能對此投入得多深的信念強度。只要是當事者可以由衷相信的正義，當中就有足夠意義。只不過那樣的正義無法差遣護翼軍罷了。

但是，假如菲兒提出的正義，光被今天剛見面的人煞有其事地說幾句話就會動搖，那倒讓人有些失望了。

「哎，這個嘛。即使撇開那些因素不提，既然典禮是在下週，我們就無法奉陪。我們也有我們的事要忙。接下來得去醫生那邊接一個小不點女生，然後傍晚就要搭飛空艇回島上才行。」

「這樣啊……」

菲兒低下頭。

「稍等稍等，我可以打斷一下嗎，技官？大約有兩個問題。」

艾瑟雅拽了威廉右邊的袖子。

「怎樣啦？」

「剛才那段發言，以一位備受敬畏且曾為守護人族奮戰的勇者來說沒有問題嗎？你當時是正義代表者吧？」

「生存競爭哪有什麼正義可言。只是因為呆著不動就會被滅族，我們才拚命抵抗。想活下去只是單純的本能，假如世人開始將本能與正義視為同物，犯罪就一項也不剩啦。」

「……原來如此。先不管道理，我好像懂技官的想法了。」

艾瑟雅微微點頭。

依然摟著威廉左臂的奈芙蓮在手指上多用了點力。

「我再問個問題。明明扯來扯去還是聽完事情原委了，可是，你對這位菲樂可露比亞小姐還真冷漠耶。記得技官之前有耍帥說過『沒辦法放著可愛女生陷於苦境不管』這種噁心的話就是了。」

「別說我噁心。」

威廉並非沒有自覺，因此內心滿受傷的。

「果然有原因吧。是因為年齡嗎，比方說，大於自己同輩的人就不算女性了？」

「我的品味是嚴重偏差到哪種地步了啊？」

雖然威廉從以前就被懷疑過好幾次，但沒有那樣的事實。應當沒有。

「沒那回事。我只是——」

「只是？」

只是什麼呢？

有種難以化為言語的想法糾結於威廉喉嚨深處。

「——不管對方是誰，我只想接受自己無法接受的事情。」

威廉也覺得自己說的話莫名其妙。不出所料，艾瑟雅挑起單邊眉毛，擺了妙齡少女不該有的微妙表情。

「…………」

奈芙蓮卻不知為何地微微點了頭。

「好啦，那碼歸那碼，離我跟施療院講好的還有一段時間。」

不算多也不算少的餘暇，讓人難以運用。既沒有足夠時間為觀光探勘，然而漫無目的地閒晃殺時間又嫌浪費。

——就在此時，有美味的香氣撲鼻而來。

威廉受到吸引而轉頭。他在路邊發現推車型的攤販。攤販所賣的應該是用份量十足的大片蔬菜來包油炸羊肉與馬鈴薯的小吃吧。辛香料的刺激性香味不由分說地挑起食慾。

威廉的肚子咕嚕響了。

「欸。」

他回頭問：

「要不要吃過那個再走？我還沒吃早餐。」

「啊～也是喔。我們直到昨天都在吃簡易軍糧，對味道濃郁的食物當然熱烈歡迎嘍。」

艾瑟雅用了含糊的嗓音答腔。奈芙蓮什麼都不說，因此大概並沒有反對。於是當珂朵莉正想說些什麼的時候──

「──請你們幾位等等。」

有陣無力卻尖銳的嗓音傳來。

是誰的聲音？威廉一瞬間真的認不出。背脊發冷的他緩緩轉身。在那裡，有著看似意外而又合理，同時還是令人意外的身影。

菲樂可露比亞·德里歐。

那道身影映入眼簾以後，威廉的本能仍在懷疑那是否真的是菲兒。氣質與先前全然不同。他實在無法盡信兩者為同一人物。

「辛香料明顯下得太重，又沒有將營業許可證貼出來。那肯定是遊走於法律邊緣，還讓顧客吃劣等肉的店。」

「是……是喔？」

從未聽過的強悍語氣。

被嚇倒的威廉微微後退。

「而且價格也訂得比行情高。即使本地人都能看出那顯然有問題，觀光客還是會渾然不覺地買來吃，然後以為味道不過如此。那樣的生意繼續做下去，都市本身明明鐵定會失去信用。

但無論我父親再怎麼強調，那種人始終都不會減少。」

菲兒的眼裡蘊藏凶光。

她幽幽地將身體像鬼魂般一晃——

「這邊請。」

接著便自顧自走了起來。

「唔，喂？」

「若是你們幾位在那樣的地方用餐，那種粗劣的味道就會留存於你們在科里拿第爾契市用餐的回憶吧。既然路上有我同行，本小姐實在不能允許那種事。那等於讓伯伯蒙羞。

請跟我來。本小姐會讓各位見識真正道地的科里拿第爾契風味葉菜羊肉捲（Wapped Lamb）。」

菲兒毫不客氣地大步踏進暗巷。

「……嚇我一跳。」

奈芙蓮用聽起來完全不驚訝的嗓音嘀咕。

「她走掉了，怎麼辦？」

「還能怎麼辦，感覺沒得選擇啊。」

「只好當成踩到狗尾巴，繼續奉陪嘍……珂朵莉？」

被威廉叫到名字，原本茫然地望著腳邊的少女彈簧似的抬起臉。

「啊……怎……怎樣？」

「妳身體狀況不好嗎？從剛才就一反常態地悶不吭聲耶。」

說來確實是滿安靜的呢——艾瑟雅如此起鬨。

「如果還留著疲倦就說出來喔。畢竟又不是在戰場上，我不想讓妳太操勞。」

「沒有，不是那樣的……」

珂朵莉緩緩搖頭說：

「抱歉讓你擔心。」

她似乎息怒了，不過樣子還是有些不對勁。

「假如催發的魔力還沉澱在體內，我也可以像之前那樣盡快幫妳**揉開**就是了。」

威廉一邊扳響手指一邊提議。

「揉開——」

珂朵莉原本茫然地望著威廉的臉，片刻後卻忽然面紅耳赤。

「——唔，不……不需要！再說現在被你那樣弄，我大概會腿軟！」

她慌忙揮著雙手這麼告訴他。

「你們說的『揉開』是什麼意思啊？」

「艾瑟雅！妳別在那邊好奇！」

「呃，妳露出那種反應，要人不好奇滿困難的耶。不然是怎樣？妳其實想講得不得了，才兜圈子叫我們全力追問嗎？」

「乖乖聽人講話！我真的沒事，之前也沒發生過什麼！」

「總覺得妳每次開口都在自掘墳墓耶，感覺挺厲害的喔。妳可以照這樣試著一路深掘到島嶼底部。加油加油。」

「拜託！」

當珂朵莉格外大聲地抗議的瞬間。

「那個。」

有陣冷若寒鋒的輕輕說話聲，從旁打斷了她們。

轉過頭。在大街與巷道的分界處，站著一個渾身陰氣的獸人女孩。

「——本小姐剛才說過，請你們幾位跟上來對不對？」

「對不起，我們立刻就過去！」

所有人飛也似的追在菲兒後面進了巷道。

一行人被領到開在小型廣場角落的小巧肉舖。

「不是攤販啊？」

「攤販當然也有許多不錯的店家，不過照目前的時間，若是要在這一帶找單純便宜又好吃的葉菜羊肉捲，除此以外別無答案。只要是當地人，就連五歲小孩也曉得門道喔。」

「這裡的五歲兒童還真厲害。」

威廉付了錢給沉默寡言的球形族(Ballman)老闆，然後將明顯比剛才在小販看見的還大一圈的玩意兒——記得是叫葉菜羊肉捲吧——接到手裡。

他一口啃下。

「好吃耶。」

「對吧？」

菲兒自豪地哼聲。

「味道強烈的辛香料用得比較收斂，還多摻了酸味強的香草代替啊。原來如此，如果這樣調味，要吃完這麼多的量也一點都不勉強。」

「對吧，對吧？」

菲兒連連點頭，然後對肉舖的球形族人用力豎起大拇指。對方也用力對她回以大拇指。

（……嗯？）

刺人的異樣感從威廉衣領後頭拂過。帶有些許惡意或敵意的氣息。

他心想，又是傳聞中那個什麼騎士團的成員嗎？可是性質和昨天剛抵達城裡所感受到的氣息不一樣。當時敵意針對的方向模糊，但這次——

「——欸，菲樂可露比亞。」

「本小姐說過，叫我菲兒就好。」

「對喔。欸，菲兒。妳喜歡這座城市嗎？」

菲兒眨了眨眼，眼皮在大大的眼睛上往返一趟。

「怎麼突然這樣問？」

「反正妳回答就是了。怎麼樣？」

間隔片刻。

「是的。我認為這裡是絕無僅有的美好城市。」

「那是因為有超過四百年的歷史嗎？因為是首屈一指的大都市嗎？因為產業繁榮？還是因為東西好吃？」

「你會問些壞心眼的問題呢。」

「常有人這麼說我。」

「咯咯咯」地笑著的威廉又咬了一口葉菜羊肉捲。

「……你剛才提到的都沒錯，那些全是這座城市裡缺一不可的魅力。它們都在我心裡散發著光彩。不過，本小姐認為那些魅力……都沒有深入到我的心坎裡。」

「這樣啊。」

看來，包羊肉的蔬菜似乎也有下工夫。每一口滋味都會逐漸轉變。在舌尖追尋著那種變化的過程中，手裡不知不覺地就什麼也不剩了。

明明威廉剛把份量可觀的食物裝進肚子裡，卻還想吃下一口。原來如此，這就是道地的科里拿第爾契風味葉菜羊肉捲。他可以理解菲兒不惜性情驟變也要推薦的理由。

「……我並不認識這裡以外的城市。」

而菲兒正慢慢地一邊細量用詞，一邊回答威廉的問題。

「這裡是我寶貴的故鄉，我所知的世界盡在於此。所以，我像愛世界一樣地愛著這座城市。」

「虧妳講得出這麼害臊的話。」

「誰讓我說這些的啊！」

微微臉紅（隔著毛皮難以辨認就是了）的抗議聲。

「真是個壞心眼的人。你在挖我的心思取樂嗎？」

「也對。我倒不否認自己本來有那種想法。」

威廉輕輕將手指沾上的油脂一舔，然後說道：

「我吃了這座城市的美食，也看了表示自己喜歡這座城的人的臉。和剛才談論正義時相比，我似乎比較有意願為這座城市做些什麼了。」

他瞟向菲兒訝異的臉孔。

「你那些話，到底有什麼樣的意思？」

「就像妳在字面上聽見的一樣……哎，不過呢，那件事暫且擱一邊去。難得有機會，假如接下來有空的話，能不能稍微拜託妳一下？」

「……你想拜託什麼事？」

威廉朝著猜不透他真正意圖而一臉狐疑的菲兒咧嘴笑道：

「待會兒，我想麻煩妳帶我們在這座城市走一趟。」

†

「根……根本就不恐怖也不痛！」

緹亞忒一開口就帶著快哭的表情如此告訴威廉。

「像打針根～本就沒什麼了不起的！」

「這樣啊這樣啊。」

他輕輕拍了緹亞忒的頭，緹亞忒便微微抽噎。

「她很能忍，而且既坦率又正直。這孩子會成為不賴的士兵喔。」

相貌嚴峻的單眼鬼帶著溫柔笑容如此做了保證。先不管前半句，後半句倒是讓人不知道該喜或憂的微妙評語。

「後面幾個……是以前曾在我們這裡調整過的孩子吧。看到妳們健健康康的，真是太好了。」

這是對珂朵莉等人說的話。

「好久不見了。託醫生的福，我勉強還能戰鬥。」

只有珂朵莉一個人恭敬地低頭行禮。艾瑟雅含糊地笑了笑而已；至於奈芙蓮則擺著平時那副若無其事的臉，什麼反應也沒有。

醫生似乎從那樣的反應看出了某些不對勁。

「莫非妳們……」

「哎呀，別再追究下去了喔，醫生。」

單眼鬼醫生想說些什麼，卻被艾瑟雅迅速制止。

「搞什麼，妳們果然有事情瞞著我嗎？」

「嘖嘖嘖，可別太過問女生的隱私喔，技官。保持適當距離是避免讓彼此不幸的第一步。」

「是那樣嗎？」

威廉放棄追問刻意敷衍他的艾瑟雅，改將矛頭指向醫生。然而，醫生只是一臉困擾地搔搔臉表示：「總不能由我來說吧。」什麼也不肯透露。

「這個嘛，要說到我對你的期望。麻煩你，好好看著這些孩子。」

即使醫生這麼說，威廉．克梅修本來就是妖精倉庫的管理員，關注妖精這件事算是他份內的工作。至少，他本人如此認為。

所以，就算醫生不特地開口，威廉從一開始就是那樣打算的。

當他那麼回答以後——

「是嗎。」

單眼鬼便表情平穩地點了頭。

艾瑟雅不知為何用怨恨的表情望著單眼鬼這一點，讓威廉有些掛懷。

從這裡回去六十八號懸浮島，得轉搭好幾班飛空艇才行。而且，飛航的班次有限。附帶一提，那當然並非靠妖精的翅膀就能飛回去的距離。

因此，要搭的飛空艇是在傍晚啟航，威廉等人在那之前無論怎麼做，都無法離開這座科里拿第爾契市。

「所以嘍，我要將時間用來在這座城市觀光！」

威廉當著換好便服的妖精們外加菲兒五個人面前大方宣布。

「啊？」珂朵莉臉色認真地嘀咕。

「嗯？」艾瑟雅一副「這傢伙在講什麼啊？」的臉。

「哇喔。」奈芙蓮眼裡難得閃爍喜色。

「…………」菲兒什麼也沒說便垂下目光。

「噢噢噢噢噢噢噢！」緹亞忒全力鼓掌。

「妳們在那座島以外的地方都不能自由活動，像這樣的機會應該很罕見吧。畢竟之前剛用盡全力奮戰，稍微放縱一會兒也不為過。」

「等一下等一下。遺跡兵器要怎麼辦啊？」

艾瑟雅把揹在背後的大包裹——用布捆著的大劍咒器——輕輕地對威廉晃了晃。

「要扛著這麼重的東西到處走，拜託你放我們幾個一馬啦。」

「拿去給那間施療院保管吧。回去時再領回就好了。」

「可是這算超級昂貴又重要又貴重的祕密兵器耶……」

「所以才要交給懂得其價值的那些人保管啊。那也不是尋常偷兒會想要的東西，妳不用那麼擔心。」

「話是沒錯啦。」

「嗯。我想能四處遊覽是值得高興的。不過——」

奈芙蓮探頭看向菲兒的臉。

「菲兒覺得那樣好嗎？」

威廉等人之前才剛冷冷拒絕掉菲兒拜託的事情。隨後就談到這些玩樂的話題，她心裡並不會太愉快才對。

「妳應該沒理由再跟著我們了耶。」

「不得已。」

菲兒微微嘆息。

「各位不期然地只聽聞了這座城市背後的一面。如果就這樣讓你們離開，或許會讓本市被誤解成暴力與謀略之城。而且，那都是因為本小姐不經熟慮就拜託各位所致。」

她一邊說，一邊逐漸加強語氣。

菲兒緊握胸前的拳頭，大大的眼睛裡有火光燃起。

「啊～妳在聽嗎，菲兒，菲兒小姐？」

「我實在無法忍受那樣的事情。既然如此，本小姐只好親自努力讓各位認識這座城市有何吸引人之處。為此，從現在開始，請容我在今天全力帶各位遊覽這座美好的都市。」

眾人目光聚集到威廉身上。

「……怎樣啦？」

「技官對這個人做了什麼，你在剛才用餐時有對她灌輸些什麼對不對？」

「喂，別講得那麼難聽。我只對她做了適切的建議和請求。」

「喔，你用花言巧語拐騙人家啊。」

威廉明明強調過了，別把話講得那麼難聽。

科里拿第爾契市面積廣闊。

假如想將知名的觀光勝地繞一遍，光移動就要耗費不只一天的時間。要是行程加上美術館或博物館，至少還要再多花幾天才是。

既然只有半天的時間能用，勢必要對造訪地點做取捨，還得挑選不浪費時間的交通工具。而且兩件事都會需要熟知這座城市的人幫忙。

所以，威廉才會拜託菲兒同行還有領路——

至少事情到這裡並無虛假。

哎，所以說。

之後的事情先緩緩也無妨吧。

2. 愛與正義的錯誤用法

威廉等人參觀了所謂的偽證者之墓。

據說，那似乎是活躍於大約兩百年前的傳奇性詐欺犯的墓。相傳由他生前欺騙過的人合資所建的墓碑上，不知為何卻刻著「老實人長眠於此」一文。

究竟是出於何種緣故才變成那樣的呢？各種考察衍生出各樣的推論，聽說還發展出名叫「偽證者故事」這樣的獨特叢書，在科里拿第爾契市的創作市場引發了細水長流的風潮。

「本小姐呢，支持的是那個詐欺犯在最後吐露了真愛之語的說法。雖然僅止於希望真相是那樣就好的程度。」

「要我說嘛，我喜歡他將缺德貴族的謊言拆穿，展現出彼此身為騙徒的格調差多少的說法。我覺得那樣很帥喔。」

「——惹怒地神(Poteau)而受詛咒的他，所說的謊話全會變成真實的那篇故事。內容很有趣。」

威廉聽出所以然了。看來這故事真的經過各式各樣的考察。

哎，無人能得知實情的往事，到頭來就是如此。被捏造成可以為某人行方便，或者最為有趣討喜的形式以後，那篇故事就會取代真相。

每個人都相信本身願意採信的說法。只要不構成問題，那就行了。世界仍足以順利地運作下去。

他們也參觀了所謂的情侶之階。

這裡的**來由**就清清楚楚。厭惡政治婚姻而逃家的貴族姑娘，和靠著偷雞盜狗來換取每日食糧的小混混青年曾譜出一段戀曲。

而且，據說就是雙方在這裡撞上而滾落階梯的事跡，促成了兩人巧遇並把彼此放在心上的契機。

在這道階梯的上頭與下面，都設有將景觀糟蹋掉的大招牌。招牌上只畫了市議會標誌，以及簡潔的一句「禁止翻滾」。

「不准別人從這裡滾下去嗎！」

緹亞忒發出了像是面臨世界末日的慘叫，逗得街上行人嘻嘻發笑。這裡恐怕不時就會聽見類似的叫聲吧。

關於珂朵莉偷偷地垂頭喪氣這一點，就當成沒看見好了。

「來一下來一下，技官。」

威廉的袖子受到拉扯。

「總覺得你一點一點地擺回普通的態度了，可是能不能對珂朵莉多說些好聽的話呢？」

放眼看去，藍髮妖精正把臉向著旁邊。

「雖然她本人目前正在鬧脾氣，不過昨天以前她真的是盡心盡力喔。」

「那我曉得，但我從以前就不擅長應付心情惡劣的女人。」

「雖然那樣正符合技官的形象，可是能讓她心情好起來的人也只有你喔。」

威廉伸手輕輕撥了撥艾瑟雅捲捲的頭髮。「唔呀！」艾瑟雅用超乎預料的勁道蹦了起來。

「做……做什麼啦？突然對我這樣！」

「沒有，我覺得妳是個好人，想稍微誇獎妳而已。明明妳自己也拚得那麼累，卻優先在為朋友著想吧？」

「我不重要啦！現在談的是珂朵莉！」

艾瑟雅難得臉紅得把摸頭的手拍掉。雖然不習慣被誇獎是可以理解，即使如此還真是反應極端的傢伙，威廉茫然地如此思考。

——後頸一陣刺痛，有微微的異樣感。

跟蹤者的氣息比之前稍微拉開距離，相對的是人數增加了。

「差不多該把魚兒釣上來了嗎……」

「咦，什麼啦？」

威廉又把手掌擺到對嘀咕有反應的艾瑟雅頭上（這讓她「唔呀」地叫出聲音），然後朝走在前面的菲兒喚道：

「關於下一個要去的地方，可不可以讓我做個要求？假如有觀光客鮮少會去，實際上卻屬於不為人知的旅遊景點，那我倒想去看看。」

「哎呀，你在挑戰擔任嚮導的本小姐嗎？」

真不知道柔弱千金的那一面被拋到哪裡去了，菲兒自信地露出微笑。

「這裡是許願井。」

菲兒說著指向約有六條窄巷交會的小小廣場。而且在廣場中央，有一口說來並無顯眼之處的平凡水井。

「這裡並不像中央聖堂或大麥廣場那種十人中有十人皆知的特級名勝，可是也曾數度用於影像故事，我想知道的人就會知道。」

是啊是啊是啊是啊——緹亞忒猛點頭。

「講到許願，表示是用那一套嘍。扔銅幣進去就會讓願望實現？好有浪漫和童話故事的感覺耶。」

探頭看著井裡的艾瑟雅問。

「很遺憾，並不是所有人的願望都能實現。水井裡確實寄宿著精靈，實際上似乎也具備成就願望(RealLizer)型的能力，不過能實現願望的僅止於一千人中的一人，或者一萬人中的一人，據說頂多只有那樣的機率。」

「啊～有數字出現，童話成分就一口氣下降了。」

「相對的，一個人要扔幾次硬幣都無妨。投幣額越多機率就越高，因此想認真許願的人，聽說會用袋子裝著二十帛玳的硬幣來挑戰。」

「……連浪漫成分也毀了耶。」

「有段時期還曾經被禁止使用喔。大約在五十年前，有賭博禁止法的那個時代，理由是因為僥倖心理太強了。」

「夠了啦。我覺得自己心裡好像有其他遐想也跟著毀了。」

緹亞忒無視於菲兒和艾瑟雅談的那些話，用小小的手掌掏出零錢，有些裝模作樣地將那扔進了水井裡頭。

雖然並沒有想實現的願望，在映像晶館看過而憧憬的情境卻還是會讓她想模仿一次看看的樣子。對嘛，這才是追求浪漫的正確方式，真可愛耶——艾瑟雅用力把排斥的緹亞忒抱進懷中。

在一旁的死角，奈芙蓮偷偷地用了相似的動作扔下零錢。她對這個地方似乎也有她的感觸。微微的水聲撲通響起。

少一個人。

這麼想著的威廉轉頭一找，就輕鬆發現最後一個人的身影了。珂朵莉・諾塔・瑟尼歐里斯正孤單地站在離水井稍有距離的地方。

「妳不參加嗎？」

威廉走到她身邊，在附近堆著的木箱之一坐了下來。

「嗯。我不太有心情許願。」

珂朵莉依然不悅地別開目光，嘀咕地小聲回答。

「是嗎？真意外，我還以為妳會喜歡這種活動。」

「呃，要說的話是不討厭，應該算我的最愛就是了……」

她吞吞吐吐的，講話有些不乾脆。

「我真的沒有那種心情。」

……像那種許願方式，大概是還沒有企及自己目標的人，為了再次確認本身決心而做的事情吧。對荷包有點痛，那樣的痛會幫助自己想起決心的價值。所以說，反而沒辦法打動迷失目的或可以自力達成目標的人。」

好似寂寞，好似溫柔，又好像不屬於任何一種調性，讓人覺得不可思議的抑揚頓挫。

「欸。妳的身體真的沒事嗎？今天的妳有些不太對勁耶。」

「早說過了～沒事啦。少女也會有毫無理由就想沉浸在感傷情緒的日子啊。」

啊，剛才那段話有珂朵莉平時的調調。威廉稍微安心了。

那樣的安心感成了助力，促使把平時應該會吞回嘴裡的話直接說出來。

「……對於妳，我懷有感謝之意。」

「咦？」

對方著實嚇到了。

「原本，我一直都只想著尋死。我想到等著我回去的那些傢伙身邊，那是我唯一的願望。

遇見妳們以後，我稍微改變了。我又變得想要自己的歸宿。

遇見妳以後，我稍微得救了。我也變得想要等待某個人。

因為這樣，呃，能夠等到妳回來，我現在……變得有點幸福。」

「咦？」

對方著實退縮了。

「不，等一下。妳別露骨地跟我拉開距離。更別擺出『這個讓人不好意思的生物是怎樣？』的表情。基本上，我講的話並沒有多奇怪吧。」

「整體而言都怪怪的耶。尤其是你一臉正經地講出那種讓人不好意思的話。」

「怎樣啦，要不然妳希望我一邊大笑一邊講這些嗎？」

「問題也不在那裡就是了……不過。」

珂朵莉笑了。

平靜地，開心似的，愉快似的，清澈地……而且，有種虛幻的感覺。

怦通，威廉的心臟格外用力地響了一下。

「嗯，雖然那些話會讓人不好意思，能聽你那樣說，我想我還是很開心。嗯，再說能讓某個人變得幸福，我覺得自己活著就有價值了。

果然，我沒有選錯喜歡的對象呢。」

——唔啊。

威廉連忙將目光從珂朵莉的臉龐挪開。

糟糕。這傢伙是怎樣？這張笑容是怎樣？

這傢伙是小孩。至少，她目前還是小孩。威廉如此重新告訴自己。他不能把那句喜歡當真。他不能正面接納小孩的愛戀。即使那樣做，之後也只會讓那傢伙變得不幸。沒錯，威廉在心中反覆告訴自己。

珂朵莉現在的表情和話語有種不可思議的魅力，足以讓威廉非這樣才能保持平靜。

（……是嗎。）

這傢伙總是直直地望著我——威廉如此發現。因此這傢伙的話語，有時會迎面搖撼他的心。

那畢竟是小孩的初戀，那是她一時的意亂情迷罷了，威廉變得無法用這些藉口應付。

「怎樣嘛，你那是什麼反應？」

嘻嘻，珂朵莉低聲笑了。

沒什麼——威廉設法將這句廉價的敷衍吞了回去。

「我是在害羞，有錯嗎？」

「你沒錯，這樣非常好。」

啊哈哈哈，少女笑了。

那張笑容看上去，不知為何像是隨時都會哭出來。

糟糕。氣氛真的開始讓威廉感到棘手了。理應是個小孩的珂朵莉在他眼裡成了不折不扣的女性。

威廉並不擅長應付女性。

每句話，每個動作，該怎麼解讀、怎麼接納、怎麼懷疑才對，這些他完全不懂。

連妮戈蘭那種在某方面而言算性格簡單易懂的人，威廉應付起來都那樣了。面對珂朵莉像現在這樣——在笑容背後對他隱瞞著什麼，讓威廉實在說不出話。

話雖如此，總不能這樣一直保持沉默。說來說去對方仍是珂朵莉，像這種時候就狠下心來將場面帶過吧。當威廉斷然決定開口時——

「不好意思呢，在各位小姐興致正好的時候來打擾。」

他聽見態度莫名纏人的男子說話聲。

「是妳認識的人嗎？」

緹亞忒仰望著菲兒的臉問，菲兒卻搖頭。

「不。我對這人倒沒有印象……」

「當然了，畢竟我們是初次見面。」

男子屬貓型獸人，穿著一身格外筆挺的西裝（不太適合他），後頭有五個年輕人追隨。那群年輕人也都是獸人，儘管長相和服裝各異，不太入流這一點卻是共通的，而且所有人都在手腕上繫著紅銅色手帕。

「被包圍了。」

奈芙蓮低聲嘀咕，菲兒便急忙環顧四周。原來如此，不知道對方是什麼時候出現的，從小廣場向外延伸的小路都布署了兩三個年輕人。來者全是獸人，手腕都繫著手帕。

而且，廣場完全看不見他們以外的人影。雖然這裡原本就是人煙稀少的地方，或者正是如此所致。甚至給人只有這一角從城市中遭到切割封鎖般的印象。

「怎麼會……」

「我們也不喜歡來硬的。」

菲樂可露比亞小姐。假如妳希望這幾位骯髒的無徵種朋友平安無事，能不能請妳接受我等的邀請呢～？」

頗為執拗的說詞。講話有意裝腔作勢，成果則是失敗的。儘管用盡心思想表現出身段，卻因為扮不慣而成了不自然的丑角。哎，大概就這樣吧。雖然無所謂就是了。

「你們是什麼人！」

菲兒想表現出毅然的態度，聲音卻在發抖。

「呵呵，雖然也沒有什麼好隱瞞的，既然妳特意問了，請容我稍微賣個關子——」「你們是滅殺奉史騎士團吧？」

在場者的目光聚集到威廉身上了。

在眾人注目下，威廉朝腳邊伸出手，然後撿起了幾顆小石子。他輕輕地將那一個一個拋到半空，再用同一隻手接住。

威廉一邊把玩著那些石子，一邊開口：「欸，菲兒。」

「咦？啊，是，請問有什麼事？」

「我想，妳最近有一陣子都沒有獨自從家裡出來走動吧？」

「咦？是……是的。因為我父親吩咐過，要我暫時留在家裡。」

「不過，因為妳有事無論如何都希望拜託那隻白色大蜥蜴，今天就瞞著妳父親離開家裡了。對不對？」

「是的……不過，你怎麼會曉得那些？」

「簡單說呢，這些騎士團的人想綁走市長的女兒，好用來當成和市長談判的籌碼。說得更精確一點，他們是打算把妳當成可以那樣用的籌碼，來跟自己的贊助者談判才對。」

獸人們之間出現了鼓譟的聲音。

「從妳離家到遇見我的期間沒被這些傢伙發現，單純是運氣好而已。後來能發現妳跟我們在一起，大概就算這些傢伙運氣好了。」

緹亞忒愣住了，奈芙蓮面無表情，艾瑟雅一臉釋然地說：「啊～」珂朵莉則擺著「又來了」的表情望著威廉這裡。

「從吃飯時就一直有熱情的視線纏著我們。我想對方正趕忙召集人力支援，就在醒目的地方逛了一陣子，然後，才試著來到人煙稀少的地方。

於是乎，正如我所料，這群人就這麼露臉了。」

「請……請等一下。本小姐完全聽不懂你在說些什麼。按照那套說法，你簡直——」

「對。我把妳當成誘餌了。因為我有些話想跟這些傢伙談。」

目瞪口呆的菲兒杵在原地，動也不動。

「談？」

穿西裝的獸人狀似納悶地插話。

「這位朋友，你似乎對自己靈光的腦袋和嘴皮子滿自豪的呢。可是，我等與你並沒有什麼話好談——」

「艾瑟雅。」

威廉朝站在菲兒旁邊的少女開口，像是要打斷對方的口白。

「什麼事？」

「這支騎士團的諸位似乎對咒脈視一竅不通。把妳催發萬全的魔力稍微亮給他們瞧瞧。」

「唔——我可以直接大鬧一場嗎？」

「不行。不准有展現魔力以外的動作。」

「了解啦，壞蛋技官大人。」

瞬時間，光芒綻現。

像是要仰望天空的艾瑟雅輕輕抬頭，然後閉上眼睛，色如瑞穗的大片翅膀從她背後燦爛地開展。純粹以光芒形式**現於眼前**的翅膀幻象。

然而正因為那是幻象，用不著乘風鼓翅，也能輕易地擺脫大地的桎梏。

「哇啊……」

大概只聽說過艾瑟雅等人是軍方人員的菲兒，發出了交雜著驚愕與感嘆而顯得有些傻氣的驚嘆聲。

「……原來這位會使用魔力啊。令自己長出翅膀的魔力術可稀奇了。這表示，妳們隨時可以逃出這種程度的包圍嗎？」

西裝獸人瞇細眼睛。

從閃爍的眼神看來，這些傢伙八成有準備用於應付對手飛上天逃走的策略。十之八九是火藥槍一類的道具吧。

不過，在這種情況下，單憑難以操控而且命中率和射程皆低的攜帶用火藥槍要控制住場面有困難。再說胡亂開槍要是傷了菲兒，對他們而言也沒有好處才對。

「你明白就省事了。」

既然如此，威廉可以料到這些人不會再輕舉妄動。而且，他的想法看來並沒有錯。

「假如剛才那些話屬實，你把我們引誘到這裡全都是事先安排好的。那你們自然會有那種程度的準備。不過～你大費周章到這個地步，到底想談什麼呢？」

「哎，沒什麼大不了的就是了。」

威廉先做了簡單的聲明。

「你們幾個，都喜歡這座城市嗎？」

他問道。

——有陣風吹過。

被揉成一團的紙屑沙沙作響地滾過紅磚道。

遠處傳來不知發自何方的野獸啼聲。

緹亞忒對狀況越發不明白，眼睛直打轉。

奈芙蓮難得把手湊到嘴邊微微地笑了。

艾瑟雅仍翩然浮在半空，傻眼似的搖頭。

珂朵莉則把臉向著旁邊嘀咕：「我果然選錯了喜歡的對象。」這話威廉可不能當作沒聽見——不對，他反倒要覺得高興才對。

菲兒原本就圓滾滾的眼睛睜得更圓，其他獸人每個都不知該怎麼反應而沉默下來。

「……你忽然問這個做什麼？」

過了一會兒以後，西裝獸人才代表全員提出疑問。

「反正你回答就對了。怎麼樣？」

間隔幾許。

「那還用說，當然喜歡了～」

「嗯。那是因為有超過四百年的歷史嗎？因為是首屈一指的大都市？因為產業繁榮？還是因為東西好吃？」

「多愚昧的問題。除了以上皆是以外，可有其他的答案？科里拿第爾契市正是天空的寶石。因為它經過悠久歲月琢磨，一城應有之美德幾乎齊備無缺，乃是我等引以為豪的都市——」

「——那是騎士團贊助者的主張嗎？」

西裝獸人的口白頓時停止。

「老實說吧，你對內情知道得多深？」

「沒有，剛才那只是在套話。不過託你的福，現在我可以篤定許多事情。」

威廉發出嘆息，然後又說：

「基本上，你們採取的行動太不協調了。

寄威脅信表示要暗殺市長，這種舉動從現場人員的觀點來看未免愚蠢過頭。假如目的在於達成要求，就不應該依靠暗殺這種手段。假如目的在於暗殺本身，就不應該寄威脅信。即使想透過預告後才行刺的流程來嚇阻市長派人馬，也不需要指定在典禮時動手。本身若有壓倒性的資金與計畫實行能力，先提醒警備人員在典禮時嚴加戒備再成功暗殺，應該也有十足的號召效果。但那樣一來，市長方面要擺出澈底抗戰的態勢就名正言順了。

既然如此，這封威脅信又是為何而寄？我想無非就是喜歡高調行事的貴族本身特有的，孩子氣的自我顯示欲吧。」

哎，雖然從對方正經八百地打出滅殺奉史騎士團這種名號來看，那點程度的內情早就顯而易見了。

威廉的話暫時中斷，卻沒有人表示任何意見。他們在等威廉繼續說下去。

「另一方面，從騎士團發現我們以後並沒花多少時間就召集到這麼多人力來看，你們的手腕理應不差。

而且，擄走市長女兒屬於實際的作法。稍微調查就會知道，這傢伙是個有些不知世事又警戒心薄弱的女人。還有，想出綁架這法子的傢伙和寄威脅信的傢伙不會是同一人。畢竟無論怎麼想，順序反過來都比較有效率。你們沒那麼做，就表示你們無法那麼做。大概是現場人員被迫要執行荒謬的暗殺而亂了陣腳，只好在近乎獨斷的形式下策劃出綁架這一招吧。

哎，我差不多可以推論到這些，才會試著向你套話對答案。好在我想的似乎沒錯。」

就這樣，威廉一口氣講到這裡，然後便自顧自地連連點頭。

「……你有什麼要求？」

西裝獸人的語氣變了。

「哦？」

「假如你打算擊潰我們，就沒有理由在這裡滔滔不絕地掀騎士團的底。你亮出自己手中的牌，就是想找我們談判吧？」

「喔，不錯耶。我喜歡好說話的傢伙。」

威廉拍了膝蓋以後，從木箱起身。

「打開天窗說亮話吧。我要你出賣贊助者。依我的想像，你們對市長根本沒有什麼成見，只是照雇主意思鬧事的傭兵罷了。而且行事不經大腦的雇主還逼你們吃不必要的苦頭，你們應該也覺得很厭煩。我猜當中也有人覺得差不多是分道揚鑣的時候了吧。」

獸人們當中有幾個人明顯動搖了。

其中一人將手伸進了懷裡。他抽出的手上握著火藥槍。對方直接迅速熟練地想瞄準威廉，卻慘叫一聲讓重要的火藥槍脫手而出。

砸在那人手背的小石子掉到地上，喀啦作響地滾了滾。

「順帶一提，這場交易的籌碼是你們的人身安全。能不能無傷了結這件事，要看你們接下來的態度。」

威廉仍保持擲出小石子的姿勢，靜靜地告訴獸人們。

他沒有用任何魔力。雖然只是輕輕將石塊射出，卻能算準時機出乎在場所有人的意料之外。類似戲法的那招對稍有段數的人並不管用，但是正因如此，在看不出玄機的人眼中應該會覺得被威廉施了魔法。

「說吧，你們有何打算？」

†

在那之後，事情進展得很快。

獸人們乾脆地接受威廉的提議，招出了委託他們的舊貴族名字。而且，對方還願意出賣雇主指示騎士團從事幾項反社會行為的證據，關於那部分威廉便要他們找市長直接談。

聚集在暗巷這裡的八成並不是滅殺奉史騎士團的所有成員，但如今失去了頭頭和十個以上的同夥，應該也無法像以前那樣大張旗鼓地鬧事了。

至少不用擔心市長會在什麼典禮中遭到暗殺才對。

〈灰岩皮〉的命令於形式上完滿達成了，然而——

威廉的臉頰發出清脆聲響。

今天是個頻頻被人甩耳光的日子呢——他茫然地如此思考。

「本小姐還是討厭你。」

菲兒淚汪汪地將紅腫的手掌捧在胸前，控訴似的說：

「我能理解你是為了我才做這些事。可是，本小姐實在無法原諒你為了達成目標用的這種手段——」

大概也是啦，威廉心想。

這位大小姐為人正直，個性坦率，十分拚命，處事認真，太過清廉了。而且，她肯定屬於對眼前的人也會無意識地做出同等要求的那一型。腦子裡面完全沒有爾虞我詐這種詞，別說主動使詐，連被對手陷害時都可能搞不清楚什麼是什麼而陷入恐慌。

「再……再說初次見面時，你還摸了本小姐的肚子……」

「啥？」

「別想裝蒜！對狼徵族而言，讓人摸肚子這樣的行為，就表示要將一切委身於對方！縱使對親兄弟也不能暴露那個部位喔！」

誰曉得那種規矩啊！你們和正牌的狗一樣嗎！

……就算威廉這樣吼回去，對方大概也不會相信。「是……是喔。」他傻裡傻氣地如此應聲，然後別開目光。原來如此，當時菲兒會提到休不休兵的問題，就是出於那樣的文化背景。威廉多長一智了。以後得小心才行。

「哎，怎麼說呢？抱歉，我犯了許多過錯。我不會要求妳原諒，至少請讓我賠罪。」

唔唔——菲兒咕噥後又說：

「你這人就像伯伯說的一樣呢。能否期待暫且不提，根本就無法信任或信賴。」

「唔。」

威廉語塞了。雖不情願，但他無話可說。

「——剛才那樣，本小姐稍微消氣了。

所以，單就你謝罪的部分，我願意接受。可是請不要誤解了，因為本小姐依舊對你感到十分厭惡。」

「嗯。當然了，那樣就好。」

威廉點了頭，轉身面對背後。

「走吧，妳們幾個，差不多是時候回倉庫（家）……了……」

他的聲音越說越小，最後幾個字幾乎聽不清楚。

低於冰點的目光無情地落在威廉身上。

「是啊，我們回去吧。」

珂朵莉靜靜地半睜著眼看人。

「我以為自己早就理解技官是那樣子的人，不過這次的狀況實在可議耶～？」

艾瑟雅仍帶著燦爛的笑容，嘴角則頻頻抽搐。

「趕快走吧。飛空艇就快截止售票了。」

奈芙蓮的語氣和平時一樣平淡，嗓音卻莫名地冷漠。

「我明明還有好多地方想逛耶～！」

好像只有緹亞忒是在對其他事情生氣。

儘管四個人有四種反應，但她們各自在生氣這一點似乎不會錯。

「你為什麼要挑那種危險的手段呢？」

為了領回遺跡兵器，一行人魚貫前往施療院。

珂朵莉在路途中問了威廉。

「嗯？」

這傢伙居然會主動搭話。難不成心情好轉了？威廉心想。

「除了特地到人煙稀少的地方誘對方出現以外，更安全的做法要多少都有吧？還是你就想玩那種吸睛的花招？好離譜的理由。」

「啊～不是的。單純是因為我對許多環節都沒有信心。

雖然當場我發表推理時講得好像煞有其事，不過那些全是基於經驗所做的判斷。我從以前碰過的案例去推敲，照局面演變的模式大概會有這種內情，再一邊觀察對方的反應，一邊抽絲剝繭。所以嘍，理想狀況就是讓雙方像那樣摸彼此的底。」

「基於經驗……你是怎麼過活才會懂那些的啊？」

「哎，當年就是亂嘛。吃準勇者這行飯，每個月都會被爭權奪利的某一派牽連。

幸虧如此，我混到最後連入睡時都可以閃刀，還能憑直覺分辨下毒的食物。因為行家用的毒幾乎全屬無香無味的類型，鼻子和舌頭都靠不住。」

咯咯咯——威廉開朗地笑出聲音。

「……你說的那些往事好笑嗎？」

「畢竟我設法活下來啦。要是死了，實在也笑不出來。」

珂朵莉變得愁眉苦臉了。威廉算頗有自信地說了這段笑話，不過看來是澈底無疾而終。

「哎，我用的手段確實不太好。

我認為妳們察覺有異應該就會立刻催發魔力，實際上也是如此，不過妳們的身體到底剛經歷過長期戰鬥。我不應該擬出把運用魔力當前提的策略。何況還有緹亞忒和菲兒在。

對於那些部分，我已經在反——」

威廉還沒說出「省」，話就被打斷了。

珂朵莉已經停下腳步。

威廉也停在她的兩步之前，並且只將上半身轉回去看她。

「不是那樣的吧。」

威廉被她用冷冷的聲音斥責。

「我說手段危險，並不是指我們。

基本上，情況對我們來說根本就沒有危險。因為從你坐到那個木箱上的時候，你就一直都保持在備戰狀態了。」

唔。

「沒那回事。我可是用了全力放輕鬆的。」

「三秒。」

…………

「什麼三秒？」

「頭一個要解決的，是待在右後方的羊頭獸人。扔小石子牽制以後再用鞋底踹對方的胸口一帶，接著靠反作用力跳到右邊內側的兩個鹿頭獸人的半步之前，順手劈在頸根讓他們失神。因為這兩人都有帶刀，撿起來擲出就能再收拾兩人。到此為止未滿一秒鐘。照這種步調，要讓敵人全部失去作戰能力共需三秒鐘。我有沒有算錯？」

（真是敗給她了……）

威廉一半以上的意圖都被看透了。

珂朵莉八成對威廉的視線觀察入微。肯定連細部姿勢改換都全部看得一清二楚。當時他覺得珂朵莉在自己旁邊格外安分，沒想到居然是在思考那些事。

「妳想太多了。我說啊，一秒鐘解決五人或三秒鐘解決十人，那麼離譜的戰鬥方式就算是我——」

「你別說自己辦不到。

你的戰鬥方式還有其強度，目前在這個世界上，我大概是最了解的。你已經忘了嗎？教會我剛才那一套的就是你耶？」

「……也對。妳這個學生太有出息，我都忘記了。」

即使說是威廉教會的，那也只是短短幾天內的事情。而且，大半時間都用在灌輸珂朵莉使用聖劍的正確方式。於徒手攻防方面，幾乎一直都在做類似散打的練習。至於有名稱的絕技一類，儘管威廉實際示範過，卻連名稱都還沒有告訴她。

誰能料到珂朵莉光靠那樣，就可以把目光磨練得如此銳利？

「你剛才提到將那些人引誘出來的理由，應該有一半是真的，可是大概也有一半是假的。如果是你，還能想出更安全的手段才對。雖然我不了解理由——」

珂朵莉用尖銳的眼神瞪向威廉。

「不過，你本來是想戰鬥的對吧？」

嗯，的確。被她一說，威廉才察覺那樣的可能性。

或許，他在無意識之間是想戰鬥的。或許他是想動用暴力。或許他是想背負讓受創的身體雪上加霜的風險。

或許之前將妖精士兵送上戰場，自己卻躲在安全處的他，是想透過這個無關緊要的場合，將愧疚感發洩在那些毫無關聯的對手身上。

「雖然我不知道你是怎麼想的。不要再這樣了。你不用再戰鬥了。你的戰鬥已經由我……由我們完全接手了。」

「——我沒話可說。妳對我觀察得很仔細，真的。」

「因為我在戀愛。」

珂朵莉一臉平靜地告訴他。

「喂，你們好慢喔～！」

遠在前面的緹亞忒正使勁揮著雙手。兩人也輕輕地揮手回應，然後稍微加快了腳步。

3. 歸途猶遠

「啊～！終於踏上歸途了～！」

接近港灣區，艾瑟雅便發出歡喜的聲音。

「回去以後我要睡個夠，而且要充滿男子氣概地呼呼大睡！」

沒有人好心糾正她：「想想妳自己的性別吧。」所有人排成一列默默地走著。

事到如今縱使不特意說出口，大家各自也都累壞了才對。經過半個月的長期戰仍沒有好好休息過的珂朵莉等人自是不提，緹亞忒頭一次離開島上大玩特玩——還接受了士兵所需的調整——應該也消耗掉不少體力。

（……回去以後，要忙的事多著呢。）

催發魔力就是在對全身的血液循環造成負擔。假如進行過長時間催發魔力的戰鬥，血液循環便會失調或遲滯，導致身體狀況低落。

換成肌肉的疲勞只要躺一會兒就會好，魔力中毒卻不見得如此。雖然照常生活遲早能讓狀況好起來，相反的，短期內反覆讓身體受到類似的操勞就會輕易惡化為慢性病。

（雖然沒有異常遲滯到發燒的地步，保險起見，姑且還是強制將她們所有人的身體揉過一遍會不會比較好？）

威廉低頭看著自己的手掌，並且輕輕地扳響指節。和以前相比，雖然他失去了許多重要的東西，但幸好學到的幾項技術在現今世上仍然管用。應付魔力中毒的方式也是其一。那是威廉在以往的夥伴之間（尤其以老人家為主）頗受好評的絕活。

……哎，要說的話，在年輕女孩之間大多不受好評就是了。

先說明那會關係到她們的性命——用令人反感的說法則是「作為兵器的耐用年數」，她們應該就不會逃避了。大概。

「我還想到處逛一下的……」

緹亞忒依依不捨地回頭望向背後。

「遲早還有機會再來啦。」

威廉把手放到緹亞忒頭上，就被抗議「都叫你不要把我當小朋友對待了」而被甩開。

當他苦笑著將手縮回的時候——

「威廉．克梅修二等咒器技官？」

他被人用毫不親切的語氣喚了姓名。轉頭看去，有個陌生男子站在那裡。瘦弱得像以鐵絲搭成的身軀。黑色太陽眼鏡，以獸人來說臉孔難得和人族相近，不過白色長髮與同樣顏色的細長耳郭，顯然屬於與人族有異的特徵。

兔徵族（Haresanthropos）。雖為獸人種卻有別於狼徵族及其他獸人，是數量非常稀少的種族。威廉在知識上也曉得有那樣的種族存在，不過這倒是他第一次實際目睹。

「……你是什麼人？」

威廉瞇眼確認兔徵族的服裝。

合身服貼的軍官用軍服。肩膀上貼著一等武官的階級章。兵科章圖樣為盾與大鐮刀──顯示其隸屬憲兵科。

「如你所見。我擔任的是憲兵科一等武官之職。」

飛空艇已經開始準備離岸。船務人員把六隻手當大聲公高呼：「請趕快上船！」不快點動身就會錯過這艘船。那樣就要等到隔天才有下一班。

「關於你的事，我是從〈灰岩皮〉一等機甲武官的報告書中得知。」

「是嗎？雖然不曉得上頭是怎麼寫的，但我不記得自己有玩什麼會讓憲兵盯上的花樣。」

至少在那隻大蜥蜴的所知範圍內並沒有，威廉於內心這麼補充。

「的確。一等武官的報告書上寫著『有愛好女童之嫌』，不過那本身毋須受到責難。罪惡只會隨行為而生，嗜好及思想都不會成為究責的對象。」

很好，下次見到那隻蜥蜴就用鶯贊崩疾全力將他踹倒吧。

「此外，假使你對管理對象曾做出某些具偏愛性質的干涉行為，只要無礙於她們在戰場上的機能便與我們無關。」

很好，現在馬上扁這隻兔子要他閉嘴吧。

「謊話連篇。都是因為他沒那種興趣才讓人費心不是嗎？」

慢著，珂朵莉，不要刻意嘀咕得讓大家聽見，會令人心痛。

「既然如此，你有什麼事？假如會拖得太久就改天吧，看也知道我們正在趕時間。」

「我必須帶你去見某位顯貴。請與我同行。」

「我拒絕。」

威廉斷然表示。

「別讓我一再重複。我在趕時間。

假如你讀過所謂的報告書就會曉得吧。我的立場是要監督這些傢伙。帶她們回兵舍……不，帶她們回到倉庫才能結束一連串任務。我不知道你這一等武官有多大官威，但總不能聽完幾句話就同意讓你來礙事。」

「由不得你拒絕。我奉命行事亦非兒戲。」

「是嗎？那我們等於是兩條平行線了。既然如此就讓我們像平行線一樣永不相交，直接在此拜別怎樣？」

隨口回答的威廉打算通過武官身邊。這時候——

「大賢者史旺．坎德爾。」

男子嘀咕似的報出了那個名字。

威廉頓時停下腳步。

「按照一等武官的報告，你有能力調整遺跡兵器對吧。而且，偏偏是立場居於二等咒器技官的你。

理應喪失的東西甦醒了。在這個失去廣闊大地，人人都只能依附小石塊求生的世界，那具有相當大的意義。莫大的意義。

因此，我們不能就這樣放著你不管。關於你和那種技術的處置方式，得借助大賢者的智慧來定奪。若你抗命，那就不得不出動憲兵隊了——」

男子輕輕舉手。

沙。有幾名軍人伴隨著小小腳步聲在遠處現身。儘管他們並沒有將手放到刀柄上，但所有人都在腰間佩有應非儀禮用的粗野長彎刀。

「事態有點不平靜耶……」

「住手，艾瑟雅。別催發魔力。

狀況和剛才不同。在這種地方引發騷動，會單方面吃虧的是我們。而且，這些傢伙是會秉持那種念頭採取行動的對手。」

「……了解。」

呼——艾瑟雅一臉無趣地短短呼氣，讓魔力平息。

「但就算那樣，我們要怎麼辦呢？這樣下去就回不去了耶。」

「我明白。」

威廉一邊回答，一邊在腦海裡玩味某個名字。

大賢者史旺·坎德爾。

他認得那名字。

那是威廉忘不了的名字之一。

「的確，我不能不去見見他。」

威廉嘀咕。

「威廉？」

奈芙蓮大概是覺得威廉的樣子不對勁，一臉擔心地探頭朝他的眼睛看了過來。這傢伙的撲克臉難得露出這麼易懂的表情，不過那表示她已經動搖到如此易懂的地步了。

「一等武官。」

「嗯。」

「假設我跟你走，你們能將這些傢伙送回六十八號懸浮島嗎？」

妖精們無不為之動搖。

「我用這塊徽章保證，必定代你辦妥。」

兔徵族人點頭。

「等一下。」

威廉的袖子被拉住。

「你說要跟他走，那是怎樣？什麼時候能回來？」

「那個嘛……關於那部分，只能看對方找我有什麼事了。」

威廉聳肩。珂朵莉眼裡摻雜了慍色。

「不要去。」

「呃，狀況由不得我啊。」

「去了我會生氣。」

「別太任性啦。」

「囉嗦。既然你以前老是把人當小孩對待，就該聽我耍這一點任性。或者說，你只想在求方便的時候才把我當大人？」

威廉被戳中痛處了。

他習慣應付小孩。可是，要應付不是小孩的女生，他從以前就不擅長。

威廉不懂她們在想什麼。

威廉不懂該相信她們說的哪句話才對。

威廉不懂要說什麼才能讓她們高興。

最重要的是——他不懂要怎麼做，才能讓她們停止哭泣。

「別哭。」

威廉伸出手指替珂朵莉擦了眼角。然而，他的手卻被粗魯地撥開。

「你只有在這種時候對我好，差勁。」

對啊。威廉自己也那麼認為。

可是呢。他不曉得還能怎麼做。

他從以前便是如此。現在更是如此。而且，將來肯定也一直都會如此。

「抱歉。」

威廉單方面如此說完，收回了手臂。

珂朵莉的手指離開他的衣袖，撈過半空，然後在什麼也沒抓住的狀況下緊握。

「……笨蛋。」

珂朵莉將自己的右手捧在胸前嘀咕。

威廉沒辦法再繼續單獨面對這個女孩。他抬起頭說：

「搭夜行艇會冷，妳們要把毛毯蓋到腳尖，趁早睡。要是讓身體著涼了，失調的魔力會遲遲無法平歇。」

「啊～……唉，了解啦。」艾瑟雅無心回話。

「…………」奈芙蓮毫無反應。

「呃，那個，好的。」緹亞忒慌慌張張地忙著交互看珂朵莉和威廉的臉，似乎沒把他的話聽進去。

「再見啦。」

威廉說完，溫柔地推了珂朵莉的背。

儘管他沒有用力，失去平衡的少女在原地踩空幾步。等她設法重新站穩以後，肩膀便一度用力顫抖——

「大笨蛋！」

她只留下那麼一句話，就頭也不回地跑掉了。

珂朵莉把票砸給船務人員，然後衝上巡迴飛空艇。船務人員被她的勢頭嚇著，急忙回頭發出為時已晚的警告。內容說的是：這樣很危險，請不要在舷梯上奔跑～

「無話可回呢……」

責罵的語句痛徹心腑。

「好了，妳們也快點走吧。」

「既然技官那麼說，哎，走就走嘍。」

艾瑟雅一臉不服地偏頭，胡亂堆著麻袋的貨車從她身邊闖過。哎呀，危險喔，小姐讓讓——車夫這段話無論怎麼想都算遲了，不過那碼歸那碼。在港灣區這種人與貨物頻繁出入的地方，雖說這裡是通道旁，錯仍錯在杵著講話的一方。

「那樣好嗎？」

——啊，奈芙蓮。這次換妳了嗎？

「哪有什麼好不好的，妳在講什麼？」

「重要的一句話，你還沒說。要是裝蒜過頭，我也會生氣喔。」

威廉聽見了稀奇的話。

這樣的奈芙蓮會對他發飆？唉，那就討厭了。

嗓音並無魄力。語氣和平時一樣，搞不好還更加淡然。正因為如此，威廉可以感受到那似乎是認真的。

「守不住的承諾，我已經不想再做了。」

「你沒有遵守的意思嗎？」

「我有。不過，這世上還是有辦得到與辦不到的事情。」

「之前要珂朵莉許下那種承諾的，就是你自己。」

這又讓威廉無話可回了。

絕對要活著回來。威廉確實那樣講過。他因為無法接受她們一去不回這種離譜的理由，就甚至無視於當事者意願，硬是對用過即丟的士兵要求本應不被容許的生還。

「你沒有權利談自己辦得到或辦不到。」

「夠了。我懂啦，真受不了，拗不過妳們。」

威廉粗魯地抓自己的頭，做做樣子，將目光從妖精們身上挪開。

坦白講，威廉不知道自己的表情現在成了什麼模樣。是笑，是哭，還是生氣？他連理應屬於基本的那些事情都掌握不了。

因此，他不想讓任何人看見那張意味不明的臉。

「我會盡快讓事情結束，然後馬上回去。」

威廉朝背後宣布。

「所以，妳們幾個先回倉庫（家）吧。」

「嗯，了解。」

奈芙蓮在他看不見的地方，肯定點了頭。

「……雖然我並沒有釋懷，不過沒辦法嘍。看著技官承諾的份上，我今天願意退讓。好啦，小不點，我們走嘍。」

「啊，好的，我知道了……可是……」

「沒有可不可是，動作快啦。」

「唔呀！我……我知道了啦，放開我！」

在鬧哄哄的催促之下，三人份的小小腳步聲逐漸跑遠。汽笛以好似要讓心頭揪緊的大音量響起。巡迴飛空艇的船務人員對不守規矩的乘客發出警告：這樣很危險，請不要用跑的上舷梯啦。

「我們也可以幫忙準備飛空艇就是了。」

兔徵族一邊望著那裡，一邊嘀咕。

「那些傢伙應該是不想受你們照顧吧，大概。」

「飽受嫌惡呢……喂，讓幾個人跟上去。護送到六十八號島為止。」

有三個憲兵接到指示，便跟著妖精們跑上飛空艇。船務人員發出哀號。

舷梯升起。

迴轉翼發出尖銳聲響。

固定臂解除。

飛空艇從十一號懸浮島出航。

載著四個妖精。

——獨留背對她們的威廉。

「話說回來，你哭泣的臉還真有個性。」

威廉對毫不客氣地探頭過來看他臉孔的兔徵族，賞了一記稍微認真的拳頭。

「不會消失的過去，逐漸消失的未來」
-no news was good news-

1. 靈魂追逐－A

時光倒回少許。

從現在算起五天前。

在墜落前的十五號懸浮島，所發生的事。

†

彷彿用蠻力扯裂鐵塊般，超出條理的哀號。

〈第六獸〉迎接第一百七十八次命絕，其亡骸砰然倒在十五號懸浮島的大地。當然，牠的背隨即冒出裂痕，並開始孵化第一百七十九次的生命。

每次重生都會改變型態的〈第六獸〉，這次似乎選擇了植物的樣貌。從第一百七十八具亡骸的內側，露出的是蠢蠢欲動的淡綠色塊狀物。另外，還有從中蠕動伸出的無數藤蔓。

「蒼之戰士，退後！砲兵隊開始飽和攻擊，掩護其撤退！」

〈灰岩皮〉對戰場發下指示。然而，被他稱作蒼之戰士的珂朵莉・諾塔・瑟尼歐里斯卻無法接受。目前珂朵莉手中的聖劍瑟尼歐里斯，澈底對眼前的〈第六獸〉產生呼應了。

換言之，會呼應敵人魔力來提昇自身力量的這柄聖劍，在此瞬間將可發揮最大破壞力才對。

既然如此，她就該自己接掌戰場，能撐多久是多久。

「請讓我再殺牠一次就好！」

「不成！」

〈灰岩皮〉厲聲斥責。

要不要抗命留下來呢？珂朵莉微微猶豫。

目前的她正在展現壓倒性力量。貢獻程度和以往的戰鬥幾乎不能比。因為她正確使出遺跡兵器……不，她正確使出聖劍之力，發揮了與人族一同失落的勇者本領。

因此，要是沒有她和這柄瑟尼歐里斯，根本不可能打贏這場仗。既然如此，就算稍微蠻幹，應該也用不著介意──

『紅水』

——咦？

『灰色之風』『發笑的巨人』『受創的繭』

——這是什麼？

珂朵莉感到困惑。

既無前兆也無脈絡。突然間，有奇妙的意象浮現於腦海。

她以為那是雜念所致。

畢竟從這場戰鬥開始算起，已經過了一百二十個小時以上。即使注意力在無自覺之間減低也不奇怪。況且，既然在戰場這種非現實的環境度過那麼久的時間，現實感變得薄弱也是當然的。所以自己才會不小心冒出在清醒時作夢的靈巧舉動吧，她想。

得專注才行。

因為這場仗不能輸。而且，她更不能死。

為了回去那地方。為了回到那人身邊。所以。

『游於夜中之魚』『參天沙塔』『衰沉於海綠色的太陽』『甜美的臨終』『環抱大小的立方體』『上鎖的紅色魔法書(Grimoire)』『在挺拔群樹上集結成串的狐狸頸項』『銀椿』『合力將土黃色油漆塗上彩虹將模糊顏色全部抹掉的麵包師傅』『無頭小丑在暴風雨夜晚的遇難船船底發笑發笑發笑發笑發笑發笑發笑發笑發笑發笑發笑——

「——什麼！」

即使珂朵莉專注心神。

即使她有意專注。

症狀還是沒有好轉。

意象持續增加。

某種意象。

那是雜亂的意象。支離破碎的迷惘。不請自來的白日夢。理應不知的往昔影子。理應被抹去的靈魂汙垢。與自己背對背的某個人的細語。位於夢境外側的現實。毫不停歇地湧來的壓倒性怒濤。

「好了，到此為止。」

變得一團亂的腦袋裡，有陣熟悉的嗓音闖了進來。

「艾瑟……雅……？」

「換手是我建議的。這時候妳就乖乖退下吧。」

「可是，現在要盡量——」

「要是侵蝕得更深一點，大概就來不及了。」

侵蝕。

似曾相識的字眼。在哪裡聽過？啊，對了，是在成為妖精兵時學到的。她們是什麼？換句話說，妖精是什麼？其性命有多麼的短暫？除了傷重而亡以外，還會有何種形式的死？

所謂妖精，就是年幼夭折的靈魂離不開這個世界所化身之物。

那以生命來說並非正確的存在。只是無知靈魂於錯覺中結實而成的自然現象。因此，那遲早會回想起自己是誰的。

「原來，這就是侵蝕……？」

「從妳的年齡來想，我原本以為那還是以後的事。沒想到統計數據滿不中用的耶。說不定是在瑟尼歐里斯的魔力牽引下，使妳的症狀一口氣提前了。」

「年齡……？咦，呀啊！」

珂朵莉被艾瑟雅硬是拎著脖子帶離戰場。

砲擊在背後開始了。頑強的爬蟲族士兵們穿著全身鎧甲，陸續在成排的火藥砲上點火。好似要轟碎頭蓋骨的巨響接二連三地搖撼大地。不依靠魔力發射的砲彈蕩平樹林，掃過大地，將再造新生中的〈第六獸〉轟得碎身碎骨。那當然不可能對牠造成致命傷——要取〈第六獸〉的命非得用遺跡兵器＝聖劍級的咒器——然而，砲擊還是能產生令其暫時停止行動與再生的功用。

展開黃金色翅膀的艾瑟雅拖著珂朵莉，一路飛到了距戰場一千兩百卯哩外的休憩用營帳。

「好啦。」

珂朵莉被隨手擱到地上。

「……會痛耶。」

「還能感覺到痛才是好事。那邊有鏡子，看得見嗎？」

仍然趴在地上的珂朵莉抬起頭。眼前有成箱的攜糧堆得像山一樣，可以看見有面小手鏡就掉在旁邊。

「這是要做什麼？」

「妳看就知道了。」

聽艾瑟雅一說，珂朵莉才伸手。她抓住握柄，攬鏡而望。

有個緋紅眼睛的人在鏡子裡。

「…………這怎麼回事？」

珂朵莉・諾塔・瑟尼歐里斯的眼睛是深藍色。雖然她自己並不太喜歡那樣的色澤，但威廉曾經稱讚：「像海的顏色。」因此她最近決定稍微改變想法了。問題在於珂朵莉不曉得所謂的「海」是什麼，就不確定威廉的話是否真的可以當成稱讚。那姑且不提。

鏡中少女的眼睛，無論凝視多久，無論眨了幾次眼，依然紅得像火焰。

「這是初期症狀。休息兩個小時應該就會好，不過在那之前嚴禁催發魔力。

還有，妳要盡可能想著自己的事。不可以被別人的記憶沖走喔。妳要緊緊抓住屬於妳自己的記憶。」

——『白茫昏暗中的孤獨』『迴盪於窄處的祈禱』『全是書的房間』

來路不明的眾多意象仍在珂朵莉腦海中肆虐。她試著用手掌捂眼甩了甩頭，可是當然沒那麼簡單就令其消失。

「這些都是……記憶嗎？在我成為我以前，某個人年紀還小就死掉而留下的回憶？」

「那是陌生人。和妳完全沒關係。沒任何交集，徹徹底底的陌生人。要是妳忘記那一點或者有所誤解，立刻就會被吞沒。」

「妳剛才提到了年齡，難不成這種症狀——」

「是啊。因為長命的妖精原本就不多，聽說前世侵蝕這種現象本來是幾乎可以忽略掉的稀有案例喔。從那些少數案例可以得知，似乎是活了近二十年且身心都成長完成的妖精，就會慢慢想起前世。

妳這次屬於稀有案例中的異類。剛才我也說過，好像是因為持續接觸超出本身能耐的魔力，導致妳的症狀一口氣推前了。照這樣下去，別說撐到戰事結束，妳在今天內就會死喔。」

「那就討厭了。」

珂朵莉滾了一圈，改成仰臥。

「休息兩小時就會好，對不對？」

「以目前的症狀來說啦。之後妳還是不可以逞強作戰喔。」

「……好嚴喔。」

珂朵莉用手臂遮著眼睛，「啊哈哈哈」地空虛發笑。

原本她應該會在這場戰事中喪命。她會刻意讓失控的魔力引起大爆炸，藉此將敵人燒個精光才對。

因為她不想接受那種結果——因為她變得不想接受，才向威廉求教聖劍的使用方式，也學了身為勇者的作戰方法。

明明如此。

沒想到，預料外的死亡，卻在這種情況下逼近。

「不要緊。反過來說，只要妳不逞強，症狀就不太會惡化才對。畢竟就算現在侵蝕稍微加深，妳的身體也還是小孩。只要遵守分寸活下去，就不會出現更嚴重的侵蝕。對日常生活不會造成妨礙的啦。

關於這部分，我有一個很熟悉的前例。所以我有信心向妳保證。」

手掌拍在薄薄的胸膛上。

「……奶油蛋糕吧。」

「嗯？」

「我同時在回憶不能死的理由，還有重要的約定。要緊的是緊緊抓住自己的記憶，對吧？」

「也沒錯啦，不過還真是貪吃的記憶耶。」

「紮根於本能的欲求是很強的喔——大概。」

要是那樣就好嘍——這麼說的艾瑟雅笑了。

珂朵莉覺得好久沒看見她的笑容。

冷靜一想，明明不可能那樣的。要想起艾瑟雅笑容以外的表情反而困難，她總是笑咪咪笑呵呵笑嘻嘻笑吟吟的，性子應該一直都開朗得不太正經。

「那我走嘍。」

「……去那裡？」

「當然是前線啊。照順序現在應該是蓮在打拚，我要去支援。我們會幫忙爭取足夠的時間，妳安心休息。」

「嗯……也對，拜託妳了。」

「好，就讓妳拜託。」

艾瑟雅將眼睛瞇得像線一樣細，然後帶著笑容點頭。

珂朵莉有疑問。

為什麼艾瑟雅對前世的侵蝕，會熟悉到這種程度？

為什麼艾瑟雅對她身上的變化，可以看得那麼透徹？

可是珂朵莉沒問。

而且，她也沒必要問。

「嘿咻。」

艾瑟雅催發魔力，然後展翅飛上天空。

她那黃金色的眼裡，看得見一抹緋紅在搖曳。

†

『爭吵的成人男女』『大大的水窪』『雞腿』

「奇怪的記憶。」

珂朵莉嘀咕。

『扭曲的湖泊』『無邊無際的橘色道路』『銀亮的布料』

「在嬰兒時就夭折的靈魂會變成妖精，是這樣的吧？以年紀來說，這孩子的見聞似乎滿廣的耶，他到底是哪裡出生的啊？」

或者。

單純是珂朵莉自己從一開始就「長成」有一定年紀的妖精，所以才不曉得在這個世界的小孩們眼裡，世上萬物看起來就像那些意象顯示的一樣嗎？

即使看見有隻小蜥蜴奔過森林，也許在他們眼中就成了噴灑火焰的龍；抑或引誘人到其他世界的領路者；抑或某個人的提包握柄脫落以後被風吹著滾的景象。

因此，開展於孩子眼前的世界——在並非孩子的人們眼中——隨時充滿了不可思議與荒謬。現在珂朵莉被迫看見的意象，說不定就是那樣。

「……呿。」

珂朵莉仍保持仰臥，望著營帳的襯裡。所以，她流出的淚水逐漸沿著太陽穴流到了耳邊。

據說，妖精是無法理解死亡的年幼靈魂於迷途中所生之物。

而且就珂朵莉所知，活到歲數堪稱大人的妖精並不存在。

她一直以為是因為戰鬥的關係。她以為那是年長的妖精依序在對付〈獸〉的激戰受創或失控殞命所致。

然而，說不定她那樣想是錯的。

追根究柢，也許妖精根本就無法長大成人。

不能理解死亡的靈魂到最後，只要年紀增長，就會理解死亡。若是如此，一切都會被打回原形，回歸自然的型態。

假如有所謂的命運，大概就是這種調調。

無論如何冀望，無論如何祈求，從一開始便定好的結局都不會翻盤。

「『喂！等我活下來長大成人，到時候你就沒話說了吧！跟我結婚！』——原本我還想用這種台詞逼迫他的耶。」

珂朵莉從威廉那裡聽說過。以往於人族的世界，「悲劇」曾被視為勇者所需要的資質之一。

背負著任誰都會感嘆的過去或命運之人，會比並非如此的人，更適合成為施展絕大力量的勇者。過去曾有那種定見。

而且，據說最古老強大的聖劍瑟尼歐里斯，尤其偏好該傾向強烈之人。只有背負著死或破滅命運者才可佩帶，過於高潔的白劍。

「——原來如此……就是因為這樣，你才願意讓我這樣的妖精使用。」

珂朵莉恨恨地望著橫於地上的瑟尼歐里斯。

也許是素材源自死者靈魂的關係，妖精原本就將性命看得較輕。她們不太畏懼死。以這點來說，珂朵莉目前處於不太像妖精的狀態。她有不能死的理由。她有非活著回去不可的地方。

「奶油蛋糕。」

她緊緊握住拳頭，然後嘀咕那個字眼。

——好啦好啦。ＯＫ。我會讓妳吃蛋糕吃到怕。

——所以明白了吧，妳絕對要活著回來。

珂朵莉回想起來的，是在星光耀眼的那個晚上，和他許下的約定之語。

她鞏固決心了。

到這個關頭，就算不被允許活得久也無妨。

就算沒辦法在那個人身邊長大成人也無妨。

雖然不甘心，但是到那個地步就認命吧。錯在她自己要生為妖精。事情就只是她不幸被這等愛好悲劇的聖劍看上罷了。

可是。正因為如此，至少。

珂朵莉希望自己能在這場泡影幻夢中，盡量活得長一些。

縱使世界將來會終結，直到結束的那個瞬間，世界都是確實存在的。她就活在那塊地方。因此——

「好，拚勁來了！」

她湊起空有其表的活力，將拳頭舉向半空。

†

之後，戰事又接連持續。

太陽西沉，升起，再西沉，再升起。周而復始。

†

絕望就在那裡。

絕望由大量的黑色藤蔓相互交纏，構成了巨大且不具面孔的人類樣相。

那是從第兩百一十六次死亡中誕生的〈深潛的第六獸〉，亦為牠剛迎接第兩百一十七次之死的亡骸，亦為即將羽化出第兩百一十八次生命的蛹。

——同時，也是即將催生出別種東西的搖籃。

「又一隻〈第六獸〉……？」

連砲擊都忘了的爬蟲族士兵茫然嘀咕。

疲累得隨時要垮下的奈芙蓮在喘氣中否定。

「戰術預測並沒有提到會有複數的〈第六獸〉來襲才對。關於〈第六獸〉，預測是絕對的。所以說，那是別種東西。」

「可是，火砲對牠不管用！既然如此，那不就是〈第六獸〉嗎！」

「若用消去法來說，那是有別於〈第六獸〉，任何人都不認識的〈獸〉……？」

「那種東西為什麼會在這個局面下長出來啊！」

艾瑟雅笑中帶淚地發出尖叫。

在拖得如此漫長的戰鬥中，所有人都消耗殆盡了。所有人屢屢告訴自己：這是最後一次，這就是決定性的一擊，不停地將〈第六獸〉擊殺。到最後，便落得目前這樣的戰況。

爬蟲族們所用的火藥砲，不管是裝填的火藥和砲彈都幾乎見底了。事到如今，關於體力方面自然更不用提。

何況就算處境並非如此，前途渺茫的戰鬥仍會消耗士氣。奮戰到最後，敵人不只沒被擊斃還增加了，這樣的事實已足以重挫在場所有人的心。

贏不了。

每個人心裡都這麼想，卻無法化成言語。

「——全軍撤退。」

〈灰岩皮〉語氣苦澀地宣布。

「二十分鐘後，解除這座島所布下的抑制陣。同時對所有鄰近的懸浮島發出警告。十五號懸浮島的外敵排除失敗，往後該島將落入〈獸〉之領域，成為對所有生命的威脅。」

「不不不不不！再怎麼說都不能那樣啦！懸浮大陸群還能浮在天上是因為〈獸〉沒辦法自由飛翔！要是讓牠們在這麼近的地方築巢，不就等於開始替全滅倒數計時了嗎！」

「當然，正如妳所言。

是故我們有必要盡快讓這座島沉沒。

但是，這座島幅員廣大。若要將其擊沉，憑尋常火力並不足成事。非得集懸浮大陸群之總力才行。我們要和侵略的〈獸〉比拚速度。」

「……保險起見，我先問一下喔，假如我們拚輸了會有什麼後果？」

「妳真的要問？」

「啊～我看還是算了。嗯。」

艾瑟雅捂著耳朵猛搖頭。

「——是我害的。」

如此嘀咕的珂朵莉，臉色蒼白得遠遠就能看出來。

「畢竟，只要我一個人讓魔力失控，原本是可以順利打倒對手的。因為我說想要活下去，才會導致這種局面——」

「錯了。」

大概是疲勞超出極限的關係，奈芙蓮無力地蹲在地上插話。

「戰術預測只有將〈第六獸〉算進敵方的戰力。

即使妳自爆，也只能勉強殺死〈第六獸〉。另外一隻〈獸〉仍會留下來才對。

那樣一來，我們將被迫在少了妳的情況下與未知之〈獸〉交戰。那會比現在更糟。」

「啊～……有道理耶……雖然現在的狀況也夠慘了，哎，光是比慘上加慘好一點點，多少會覺得寬慰一些吧。」

艾瑟雅的嘴角從未如此緊繃。

「是那樣嗎……？」

珂朵莉一臉無法盡信的表情。

「絕對是那樣。」

奈芙蓮毅然斷言將她斥退。

「牠們從一開始就不是我們能戰勝的對手。那樣判斷之後，現在只該思考要怎麼擊沉這座島才對。」

「那亦有道理。」

〈灰岩皮〉點頭。

「若要聚集護翼軍保有的全數火砲，無論怎麼加緊腳步，仍會經過十夜才是。然而，只要其他島嶼在這段期間未受損害，就能看見勝利凱歌的芽苗。」

「……光那樣聽起來就像在走鋼索了耶，靠著聚集到的火力肯定能擊沉這座島嗎？」

「成功率約莫兩成。」

「哇哈哈，感覺亂實際的，真是讓人笑不出來的數字。」

「誠然。」

爬蟲族將領「咯啦啦啦啦」地發出像在攪拌石礫的笑聲。

啊，對喔，珂朵莉心想。

世界說不定要完了，她的內心意外坦然地接受了這一點。

對那樣的結論，珂朵莉既無異樣感，也無抗拒感。從自己誕生後就一直位在身後的東西，終於朝她伸手搭肩了，類似那種感覺。

這個世界從一開始就是瀕臨滅亡的。現在終於要滅亡了，如此而已。

一再推遲的末日總算到了。事情就這樣而已。

沒必要慨歎。反正大家都會死。之後什麼也不會剩下。沒有任何一個人會感到寂寞。既然如此，安心地迎接那個時刻是最好的。即使心慌或焦慮，也不會有任何幫助。

（——等一下，才不是那樣！）

珂朵莉無意識地緊握胸前的胸針。

她還沒忘記。自己有非活著回去不可的理由。在大啖勝利的奶油蛋糕以前，她不能死。在那個木頭人接受求婚以前，她就算啜飲泥水也要活下去。嗯，就是那樣，看來要長命百歲才能如願的樣子。

而且想長命，要是世界滅亡就頭痛了。

讓威廉死掉當然也不行，讓那些還無法作戰的小不點蒙受危險更是想都別想。既然如此。

『搖晃的小船』

——真是的。那些侵蝕的症狀又來了。

只要珂朵莉稍微鬆懈，意象就會從內心的縫隙溜出來。然後覬覦她的生命。真是惹人煩躁的事情。

或許她身為妖精這種不安穩的存在，以立場而言是薄弱的，可是她才不管那麼多。她是活著的。她想活著掌握幸福。那樣的權利怎麼可以被早就死掉的某個人顛覆。

在珂朵莉如此下定決心的瞬間，她腦中浮現了一套想法。

左思量右思量，那都並非聰明的手段。如果有時間慢慢思考，還會有更多合適的手段才對。可是，唯獨在連思考時間都有限的此時此刻，她能想到的那條策略，感覺就是最佳手段。

要實行那樣的手段，只需要一絲覺悟。

——「認命」和「覺悟」在本質上乃相同之物。

——皆是指為達目的不惜割捨重要事物的決斷。

沒錯。懷著尊嚴，自信十足地認命吧。為了達成目的，將重要的事物割捨吧。現在需要的就是那個。

珂朵莉緩緩地吸進一大口氣。

然後，她又緩緩地將吸進的空氣，花時間吐了出來。

「珂朵莉？」

奈芙蓮大概是覺得珂朵莉的樣子不對勁才出聲呼喚她。珂朵莉不予回答。

「我想到一個方法了。一等武官。請你現在就開始率軍撤退。」

珂朵莉仍直直瞪向蠢動的〈獸〉，並且靜靜地說道：

「蓮、艾瑟雅，幫我一點忙。妳們自己就能飛，即使遲一點脫離也能抵達飛空艇吧。」

「要幫什麼樣的忙啊？」

「我想費點勁，將這座島劈開。」

珂朵莉宣布之後，便將右手的瑟尼歐里斯奮力一揮。

劍身上迸發無數裂痕，其縫隙擴展開來。顯示出魔力昂揚的淡淡光芒從縫隙中湧現。

聖劍是弱者為了對抗壓倒性強者所打造出來的兵器。那會透過「利用接觸劍身者的力量」這樣的原理而實現。對手越強，聖劍越會提高本身的力量來對抗。

而且，現在她們眼前，有著難保不會將名為懸浮大陸群的世界整個毀滅，可以說強大無比的敵人在。

「好，接下來呢。」

離〈第六獸〉的第兩百一十八條命完成誕生，只剩幾秒不到。

珂朵莉蹬地上前。體內催發的魔力令注意力提昇，延緩時光流逝。在色彩消失的灰色世界中，她撥開環繞於周身的空氣層，一舉將敵我距離拉近。

有意迎擊的藤蔓疾抽。

珂朵莉慎重地觀察八十七條齊發的藤蔓。

數量雖多，但幾乎都相當於用來示威的虛招。有六十五條連閃都不必閃，放著別管應該就會白白打在地面。問題是剩下的二十二條。有八條針對腿部想剝奪機動性，還有五條是針對手臂與聖劍想削弱攻擊力，剩下九條則針對頭部與胸口要斷絕她的命。儘管每一條看上去並沒有動得多精密，無奈藤蔓數眾，因此不可能全部躲過。在視死如歸的特攻下只顧避開致命傷盡可能向前就行，但現在的她無法依靠那種簡單明快的作法。所以——

（首先！）

珂朵莉用瑟尼歐里斯掃退針對腿部而來的藤蔓——同時，也讓瑟尼歐里斯「記住」藤蔓觸及劍身時運行於內側的魔力。從裂痕發出的光芒稍稍變強。

她的思緒還有五體的速度都進一步加速。加速會生出些微的時間餘裕。她擠進那段時間的空隙並舉劍揮砍。原本針對手臂的五條藤蔓斷成數截飛舞在半空中。

（再來！）

『有七顆眼睛的青蛙』

侵蝕也同樣加速。珂朵莉沒空理會那些，因此現在無視。新掃退的五條藤蔓，又激發瑟尼歐里斯的魔力。

『吞下蛇的獅子』『變得像山一樣的貨幣』

接下來，就是重複相同步驟。珂朵莉一股勁地用劍身依序掃向離自己較近的藤蔓，彷彿只要能砍中就行。她靠著每次獲得的力量，爭取到下一劍與下一步的時間。

『聳立於天的山』『雨濛濛的鄉鎮』『小碗中的糖果』

距離變為零。

珂朵莉對準眼前交纏成團的藤蔓，將聖劍從正上方貫入。

劍刃斷開數條藤蔓，穿透團塊本身，就那樣直直地插進十五號懸浮島的大地。

『燃燒的路標』『圓形彩虹』『奏出荒唐聲音的響板』『毛色呈金銀網紋的貓』『縱向轉動的車輪』『無柄的雙刃短劍』『山一樣大的手套』『從塔上垂吊的男子』——

（——這一招——）

呼應珂朵莉的意志，瑟尼歐里斯發出咆嘯。魔力散發壓倒性熱量，無視於身為敵人的〈獸〉，將所有力量解放至鑽入地底的劍尖。

「你覺得——」

聖劍的整道劍身綻放強烈輝芒。

其光輝逐步從離劍柄較近的部分，依序集中到劍尖。

「──如何啊啊啊啊啊！」

所有劍芒漸漸被吸入大地之中。

間隔相當於一次呼吸的短暫寂靜。

隆。

撼動下腹部的低沉聲響。大地冒出裂痕。

裂痕如蜘蛛網般擴展開來，包覆整座懸浮島。從裂痕溢出光芒，光芒從大地內側將裂痕大大地推擠開來。大地龜裂。

島嶼，墜落了。

〈獸〉將藤蔓大為伸展，並纏住四周能伸及的岩床。可是，藤蔓纏到的岩床就會發生崩塌，因此不管怎麼掙扎都無法發揮支撐身軀的作用。

〈獸〉好似被陸續倒塌的成堆瓦礫掩沒，開始朝地表下墜。

『──────────』

珂朵莉覺得她好像聽見墜落的〈獸〉群在吶喊什麼。

當然，她明白那只是心理作用罷了。

「妳在做什——麼啊啊啊啊！」

艾瑟雅慘叫似的出聲大喊，並展開幻象構成的翅膀飛翔。形同抱著〈獸〉筋疲力竭的珂朵莉被她驚險救起。

逼近兩人背後發動攻擊的藤蔓，則有緊隨在後的奈芙蓮將其打落。

「簡直太胡來了……」

她們稍微拉開高度，飛上藤蔓攻擊不到的位置。當著三人眼前，十五號懸浮島正開始瓦解。

即使聚集護翼軍所有火砲，也只有兩成機率能轟沉的島，憑區區一柄聖劍就被輕易摧毀了。

「珂朵莉，妳聽得見嗎？」

仍抱著藍髮妖精的艾瑟雅問。

「嗯……沒事的，我聽得見……」

「妳知不知道自己做了些什麼？」

「沒事的……我記得……」

「那才不叫沒事！妳忘記自己處在什麼狀況了嗎！我應該說過，要是妳逞強就會讓侵蝕立刻加快吧！像妳這樣逞強，可不是減壽就能了事的喔！」

「沒事的，我沒事……」

珂朵莉抬頭笑了。

她將染成深紅色的眼睛微微瞇細，然後無力地對艾瑟雅傻笑。

「因為我已經講好了，一定會回去。對不對？」

彷彿隨時都會消失似的虛幻笑容。

「我要抬頭挺胸地回去向威廉報告。讓他知道我託他的福僥倖活下來了。可是明天會變成怎麼樣就不曉得了，所以之後還要請他留在我身邊，教我許許多多的事情。」

啊哈哈哈——珂朵莉憑著意志力笑了出來。

「……啊～不過，侵蝕的事情是不是要瞞著他才可以呢？因為那個人要是聽說有這回事，一定會擔心。嗯，畢竟我希望他都能像平常一樣，當個有點懶又有帥氣感，而且值得依靠的人。」

「真是的，妳現在真心話全洩漏出來了，有夠噁心的！」

艾瑟雅使盡力氣抱緊摯友的瘦弱身軀。

「會痛耶，艾瑟雅。」

「這是妳活著的證據。要忍耐。」

拿妳沒辦法——如此嘀咕的珂朵莉放鬆了身上的力氣。

珂朵莉之前講好了，她會回去。

因為她依附著那個約定，才能活下來。

到此為止沒問題。問題在之後。約定履行以後，約定消失以後，她的生命會變得如何？

對於理所當然會產生的這個疑問，艾瑟雅什麼都沒提。珂朵莉也什麼都沒回答。

因為她們不想知道答案。

因為她們希望能繼續轉移目光，直到將來無法逃避的那個時刻來臨。

2. 守護藍天的人們

話說，這裡有一位老人。

知道他名諱的人不多。然而，在另一方面，他的存在十分有名。眾人只稱呼他為偉大而賢明者——亦即大賢者。

他的歷史，就是懸浮大陸群的歷史。

打個比方吧，假設翻遍在大陸群中以藏書量居冠自豪的元老院大圖書館，然後從中找到了最古老的史書。由於那屬於沒有現代造紙及印刷技術的時代所留之產物，恐怕會是在厚厚羊皮紙上用筆手寫而成的著作。翻閱其書頁，上頭記有懸浮大陸群的起源；人族放出〈十七獸〉，導致大地開始走向滅亡時的事蹟；少數倖存者聚集到神峰菲斯提勒的山頂，面對死亡以駭人速度逼近而無能為力時的事蹟；有個男子用強橫魔力打通了登天之道，將那些倖存者招攬至天上之地時的事蹟。

上頭所載的該名男子，就是這位老人。
連本分在於講述過去的史書，都無法述說比這位老人身上皺紋更古老的歷史。
如此漫長的歲月，他都與這塊大地同在，並持續引導人們至今。

「妳說有個能調整遺跡兵器的男子？」
厲眼一轉，銳利的目光掃過迴廊。帶來消息的銀眼族(Prima)女官臉色蒼白地畏縮了。
「啊——不是的，老夫並未責怪妳。只是我天生眼神凶惡罷了，妳不用怕。
那碼歸那碼，捎來那則無聊情報的又是巴洛尼．馬基希嗎？」
女官點頭如搗蒜。
「受不了那傢伙。連那麼簡單的事情都分辨不出真偽嗎？
要調整遺跡兵器根本不可能。縱使旭日西升，盛夏積雪，人族從大地復生也一樣。」
女官的脖子「咦」地彎成疑問的模樣。
「怎麼了？」
老人轉過目光，女官又低聲尖叫並且縮成了一團。
「——老夫並未責怪妳。若有疑惑，妳儘管發問。」

「不，不是的！我心裡想的只能算是挑語病的文字遊戲，請您饒恕！」

「挑語病……啊，妳想說既然人族復生，應該就可以調整人族所用的武器嗎？」

女官用快要聽不見的小小音量回答：「是的。」

「都叫妳別怕了。玩玩文字遊戲也無妨吧，玩興之心可是彌足珍貴的，尤其對長生者來說。

況且，妳的疑問十分合理。老夫若身處一無所知的立場，或許也會有同樣的想法。然而，事實並非如此。」

老人搖搖頭說：

「遺跡兵器亦即聖劍，乃是用咒力將眾多護符組合連結而成——

用言語這麼說明，聽起來大概頗為單純。然而要透過護符的相互干涉來發現新力量，就是在連『精妙』這種形容詞都不夠妥切的平衡上才能成立的奇蹟了。當然，調整其平衡所需的技術更是超乎常軌。好比將未經裁切的自然岩垂直堆積以求登天，這樣比喻多少能達意吧？」

「喔……」

女官一副目瞪口呆的表情。

「在那些佩劍作戰的勇者當中，能照料自己兵器的人連一小撮都不到。那種情況合情合理。假如想修理失靈的聖劍，就得召集專門的技師組成團隊，然後在設備齊全的工房花時間處置。

明明如此，剛才的報告又是怎麼說的？

憑個人之力調整？

對象還是極位聖劍之一的瑟尼歐里斯？

而且，該名人物連其他劍都調整完成了？哈哈！」

老人貌似有些愉快地吐露：

「八成是為了推銷才誇大其詞的吧，但是吹得太過頭了。修練出那種本領的怪物，連在人族之世也沒出現過。那何止叫奇蹟再現，對方誇下的海口遠遠超出奇蹟了不是嗎？」

「您說……怪物嗎？那個詞，我以前也聽您說過。記得您當時是用來形容……『黑瑪瑙劍鬼』對吧？」

「是啊——沒有錯。」

女官肯接話，讓老人心情好了些。

這條迴廊長而無當，景色又缺乏趣味。如果不一邊閒聊，實在讓人走不下去。

「若是他，或許就有可能將如此海口化為現實。」

大賢者瞟向遠方，緬懷似的談起該名人物。

「他是個驚世駭俗的怪人。

那傢伙幾乎沒有任何稱得上才華的才華。催發的魔力量在常人以下。連刻印單純的咒蹟(Thaumaturgy)都辦不到。到最後連在他本人所追求的劍術之道上，也只能使用尋常城鎮道場就學得到的招式。」

「那樣……不就是位普通人嗎？」

「他就是個凡人。至少一開始是那樣才對。

然而，那傢伙立志要成為正規勇者。而且在那條路上，無論被迫面對自己缺乏才華的現實多少次，他仍然不打算放棄。

為了補足自己所缺乏的能力，他只管一味地不停多方學習吸收。然後，對於寥寥幾項可以化作己用的能力，他只管一味地不停鍛鍊。

結果如何呢？

光靠在城鎮道場學得到的劍術，就敢挑戰滿坑滿谷都是身懷傳說之劍又能施展傳說中祕技的妖魔鬼怪所在的戰場，帶回來的戰果還比任何人都豐碩的怪物誕生了。」

那是畏懼，敬意，或者其他的情緒呢？大賢者的身體微微哆嗦。

「在運用的力量強度，還有藉此能辦到的伎倆豐富度等方面，連當時火候未足的我，都比那傢伙高出好幾個層級。明明如此，現在我已經獲得更上一層的力量，卻依然無法想像與他搏鬥後得勝的自己。」

「您是說……想像嗎？」

女官低下頭，並且含蓄地微笑。

「呃，我們不知道您所說的傳說之劍或傳說中的祕技是什麼樣的東西。即使說有實力在大賢者之上的強者，也實在無法想像。」

「——或許那樣就好。

失去的東西不會復返。那個時代的記憶，對那個時代人們的回憶，不過是老夫的鄉愁。活在現代的你們，只要肩負現在的時代活下去就行了。」

「叩」的小小聲響發出，兩人停下腳步。

「是這個房間？」

「是的。請問您怎麼打算？」

「沒什麼，既然人都帶來了，那也無可奈何。至少，就讓老夫見見那個詐欺犯的長相吧——」

老人轉動門把，將門推開。

有個黑髮青年正將一隻手肘拄在會客用的桌子上，看似無聊地打著呵欠。

「……嗯？」

青年看了老人這邊。

「喔，史旺啊？好久不見，話說你的形象變得還真多耶。」

大賢者的下巴忽然掉了下來。

「你長高了不少嘛。要是沒有長袍就認不出來了。」

「黑瑪瑙……劍鬼……？」

大賢者——史旺聲音沙啞地叫了青年的名號。

「我也好久沒被那樣叫了，『極星大術師』。彼此看來都健朗，太好了不是嗎？」

†

史旺．坎德爾。

他和威廉一樣是為了討伐星神艾陸可．霍克斯登，而在五百年前組成的勇者一行人的一員。

他是帝都賢人塔的祕藏之寶，身上藏有稀世才華的咒蹟師。在戰場上開天裂地的力量，絲毫不會遜於佩有聖劍的準勇者。儘管在取名和穿衣的品味有致命性缺陷，個子也比同年紀的少年們矮一些，對本身的才華又太過自負了點，但其餘部分大致可說是符合其評價的人物。畢竟他確實擁有足以自豪的才華，也具備懂得累積努力而不致傲慢的勤勉，還有願意認同旁人能力的謙虛，以及肯對一項目標齊心合力的協調性，樣樣皆備。

對威廉來說，史旺肯定是可以信賴——而且曾推心置腹的同伴之一。當然他不會對本人說出那些話就是了。

此外，威廉當然也以為史旺在五百年前那場仗當中死了。

但如果事情並非那樣——而且史旺從這座懸浮大陸群誕生之初就在呼風喚雨的話，也有幾件事可以讓人信服。

威廉從以前就覺得奇妙。這座大陸群上有各式各樣的東西，都是以人族及其文化為基準建立出的。

說到底，從眾多種族因為大地滅亡了而逃到天上的說法，要立刻連結到他們就那樣建造了許多城市且發展繁榮，說來並不自然。在地面上散居各處的各種種族只要一聚集在一處，立刻就會爆發弱肉強食的激烈爭戰。建立起支配者與被支配者所構成的社會才對。

況且，無論哪裡的建築物看起來都酷似過去人族所蓋的房屋，這一點也很奇怪。

在過去的大地上，獸人們是住在樹上或岩石縫隙等處。豚頭族會把土堆成類似戰壕的玩意兒當居所。爬蟲族的住處則像用草編成的帳篷，至於球型族或銀眼族根本就沒有居住的概念。

試著把那樣的幾個種族聚集到一個地方以後，他們就規規矩矩地建造形式類似人類的城鎮，然後住了下來——這同樣不會是自然發生的事情。

其他的要數就數不完了。飲食文化、貨幣制度、縫紉技術、社會制度、造紙裝訂技術，族繁不及備載。盡是人族以外的種族在生活的這片天空下，和人族以前生活的世界卻如此酷似，要找例外都難。

換成現在，威廉對那一切的不自然就能輕鬆點出解答了。

簡單說，是史旺做的好事。

他在懸浮大陸群的創立過程中發揮出強大領導力，為這片天空的文明拉開了藍圖。

史旺是帝國出身，還有，他也精通歷史。而且帝國的歷史就是反覆侵略與合併，要將生於異文化之下的人們統合於一個地方，帝國在這方面堪稱前例與經驗的寶庫。因此，由史旺來開創並引導一個世界的文化，即使能達成也不奇怪。

畢竟他就是公認的天才。

†

「你在地上石化了？」

相貌嚴肅的老人發出驚呼。

「那個時候，因為再怎麼探測心跳都完全沒反應，我還以為你一定死了——」

「呃，就是因為石化了，我的心臟並沒有在跳。你的心跳探測是用來追蹤催發前的固有魔力吧？那樣不可能找得到我。」

「——把我那天的眼淚還來。」

「嗯，你有為我哭啊？」

「不……不對，錯了！我才不可能為你那樣做吧，我本來就知道你這人殺也殺不死，沒錯，就是那樣！」

史旺賭氣地大呼小叫，那模樣也一點都不適合他。

「話是那麼說啦，我還不是吃足了苦頭。變成石頭之後還能復活，這種事在我實際經歷以前根本聽都沒聽過。當時我覺得自己應該沒救了，按理講就當作是死了。

何況由於我中的不是普通石化，治療費也挺可觀。據說要解開綁在我身上的重重詛咒相當耗費時間與金錢。多虧如此，我從醒來以後就一直過著背債的生活。」

「荒謬透頂……」

史旺一邊咕噥「所以我才怕你這種人」，一邊仰望天花板。

威廉既不是自己想石化才石化，也不是想復活才復活的。雖然他有點想回嘴，卻也可以理解史旺這傢伙的心情，因此就姑且不吭聲了。

「先不講我，你又是怎麼回事？

我聽說人族滅亡了耶。不對，就算沒滅亡，在那之後也過了非常久的時間。雖然你似乎多了一大把年紀，但你為什麼還能活著？難不成其實連其他人都還活得好好的嗎？」

「別一次問太多事情，沉不住氣的傢伙。

——雖然說，如果是那三個問題，答案一個就夠了。」

史旺說完就將上衣掀開，對威廉露出自己的胸膛。

理應有心臟的位置，開了個大洞。

「你那是……」

「在五百年前那場仗，**我**也被殺了。

對手是翠釘侯（Jade nail）。守護星神的三尊地神之一。

我和艾米莎搭檔挑戰祂，結果我們倆都一下子就被宰了。

不過在意識消失前，我即興對自己刻下了咒蹟。雖然細部原理不能告訴你，但我對自己的生命型態加以干涉，使其變得在一般形式下的死並不會消逝。所以，如今我不會因外傷或者壽命大限而死。

而且當然了，現在的我——已經不屬於人族。」

「這樣啊……」

「先聲明清楚，你別可憐我。我對現在的自己還滿中意，再說被你同情會讓人背脊發冷。」

「沒有，我不是在同情你。艾米莎被幹掉這件事比較讓我受刺激。」

「喂。」

畢竟你現在怎麼看都好端端的，這話威廉就不講了。

「那個**爆炸魔**死了，是嗎？

我以為自己已經傷心得夠了，不過重新聽你說還是滿難承受的。果然，其他人也都在那場戰鬥中死了嗎？」

「不——並不是所有人。當時，黎拉和納維爾特里存活下來了。」

史旺不像變成石頭的威廉，他並非超越時光活下來的。而是從五百年前就睜著眼持續活動，活到了現在。既然如此，他應該都知道。知道威廉成為無語石像持續沉睡的這段期間所發生過的一切事情。

「我說啊——」

除此之外，威廉想知道的事像山一樣多。他有意要問——

我們一直聯絡不上的師父，人跑去哪裡了？

向王都進軍的怪物大軍，後來怎麼樣了？

一直支援著我們的公主和國王，有好好地活下來嗎？

「告訴我一點就好。那些叫〈十七獸〉的傢伙是什麼？在我們前往討伐星神的期間，是哪裡出了狀況才冒出那種鬼東西？」

威廉幾乎把想問的事情全吞了回去，只問那一點。

黎拉那場仗的結果。同伴們的平安。確認那些並無意義。人類早就滅亡了，結果已成定局。

現在該知道的，頂多只有釐清後能帶來意義的事。

「——你記不記得真界再想聖歌隊（True world）？」

威廉點頭。那是五百年前曾反抗帝國統治的數個武裝宗教組織之一。勇者黎拉受王室請託，率威廉等人將其擊潰了。

「那些人的殘黨……把帝國邊陲的小鎮當成巢穴，似乎一直在研究類似生物兵器的玩意兒。〈獸〉群的真面目，就是那些人的研究成果。」

「原來如此。所以才有人族毀滅了世界的說法？」

儘管直接動手者只在人族中占了小小一部分，但是對差點滅亡的其他種族來說都一樣。而且根本不會有人想幫早已滅亡的種族恢復名譽。
「……按照憲兵隊的報告，據說，你目前在當咒器技官？」
或許史旺並不太想談〈獸〉的事情，便刻意換了話題。雖然威廉對過去的事情仍有些在意，但他決定順著史旺。
「那只是文件上的虛銜，對於正牌的咒器技官倒不好意思。」
「你在說什麼，哪有不是虛銜的二等咒器技官？」
「啥？」
史旺看了威廉愣住的表情，才傻眼似的說：
「所謂的二等技官，性質和一等或三等以下完全不一樣。
畢竟，那是明知道咒器的研究絕對不會有進展，仍要用來對內對外宣稱『研究尚在進行』的架空職銜。業務內容只有『掛名』這一點，沒有更多要求。反正本職是以不會有進展當前提的研究。就連報告進度也只會浪費時間和紙張吧。
基本上，倒不是沒有由活生生的某人當上二等技官的前例。只不過，那也是用於處置在政治考量上不方便貶職的將校。權限和支薪都只需給予最低限度，當成頂級閒缺利用也還算方便……到頭來，那依舊只是文件上的虛銜。」

唉──史旺說到這裡，才深深地嘆氣。

「在絕對不會有進展的研究中，探究聖劍原理可謂其代表。換句話說，你這個二等技官難保不會撼動到二等技官本身的存在理由。」

「有什麼關係？又不會有誰為此困擾。閒缺讓我過得滿悠哉的，不錯啊。無論權限或支薪，我都沒有打算要求得比現在更多。」

「───真是的！」

史旺用手肘拄著桌子，束手無策地抱頭。

「怎麼了？」

「我在猶豫，該說這是人盡其才，還是用大戰斧來開核桃？維修聖劍這等神技只有你會，在戰力上有人司其職也再好不過，可是把你豢養在那種地方，對整座懸浮大陸群來說等於天大的損失……」

史旺嘀嘀咕咕地說著什麼，不過後半段太小聲，因此威廉沒聽清楚。

「對了，那個憲兵有提過，要讓大賢者定奪怎麼處置我。

不好意思，在你煩惱的時候催促，能不能早點決定事情要怎麼辦？我跟那些傢伙講好會立刻回去了。」

「回去？」

史旺抬頭。

「你說回去，是要回到那座妖精倉庫？」

「沒其他地方了吧。地表上的家總不可能還留著。

唉，好不容易見到面，我是覺得要稍微敘敘舊確實也行。不過幸好彼此都還算健朗。我們改天再續吧。」

「不……關於那個嘛。」

「……在那之前，我希望讓你見一個傢伙。」

史旺支吾其詞。

「怎樣啦，還有什麼事嗎？

光來這裡就已經花了兩天耶！我要是不早一天回去，家裡那些餓著肚子的小孩就糟啦。」

「假如那傢伙知道你活著，也會想見你才對。

至於你嘛——哎，或許見都不想見到第二次。即使如此，你應該還是無法忽略對方。

我敢打包票。」

奇妙的語氣。

「搞什麼，那是我認識的人嗎？而且你也曉得，就表示和以前有關？」

史旺無法回答。

「別賣關子了。對方是誰？我是普通的人類，除了你以外，根本不認識任何可以活超過幾百年的——」

威廉的話，頓時停住了。

在以往世界見過的某個人。史旺和他都認識的對象。超越歲月的不死存在。如此的存在，威廉發現自己只能想到一個。

「——喂，難不成……」

「要談，我們在路上繼續談吧。」

史旺單方面講完以後就站了起來。

「慢著，我還沒說我要去。」

「要不然，你打算說你不去嗎？」

威廉「唔」地語塞。

史旺大概是把那樣的反應當成回答了。他粗魯地打開房門，然後大聲告訴靜靜地守在那裡的女官：

「我們要前往二號懸浮島。立刻準備飛空艇！

……啊，沒有，妳不用怕。妳沒有過錯。錯在**老夫**大聲說話。門也該靜靜打開才對。所以妳不用畏縮成那樣。」

†

二號懸浮島。

通稱「世界樹之髓」。

若是從正上方俯望懸浮大陸群，幾乎地處正中央。

既然如此，自然會成為交易的樞紐才是。然而，目前於懸浮島之間運作的飛空艇航線，完全不含可抵達這座島的班次。

理由有三。

其一，這座島沒有任何種族的聚落，絲毫不具交易上的價值。其二，由於它飄在比其他大陸都遙遠的高空，而且周圍總是籠罩著雨雲，憑尋常艦艇連靠近都辦不到。

最後一個理由在於，那裡是聖域。

根本來說，萬物恆往下掉落。儘管如此，天上卻有數量逾百的懸浮島。形同懸浮大陸群世界存在前提的這個玄妙祕密，據說就藏在二號懸浮島。因此，胡亂進入該島侵犯其神聖性，被視為是難保不會讓懸浮大陸群直接墜落的禁忌。

即使如此，不時還是會有淪落的打撈者有勇無謀地用「我要揭發被名為信仰的欺瞞所掩蓋的真相！」之類煞有介事的名義駕船而來。他們大多會受阻於圍繞著島嶼的雨雲，還有突然產生的亂流及雷雲，連目的地都沒能見到一眼就慘兮兮地返航至原本的島嶼。

偶爾也會出現堅稱自己看過雲層另一端的打撈者。照傷痕累累的他們所說，那裡不像其他懸浮島一樣是飄在天空的自然岩，而是經過琢磨的大塊黑水晶；其表面有無數野生植物，季節性卻雜亂無章，同時有春天的花與秋天的花盛開，盡是些和支離破碎的妄想差不多的經歷談。當然，大多數人都不會聽信那種奇言怪論，名為二號懸浮島的神祕地方依然罩著未知面紗，至今仍一直飄浮在藍天的彼端。

「…………那是塊巨大的黑水晶，不對，花盆？」

「嗯。」

史旺隨口點頭。

「正確來說，那本身好像就類似巨大的護符，但是我對詳細構造不清楚。畢竟大成那樣，也不會想特地去分析。」

「總覺得那花盆裡面長了許多不同的樹。」

「是啊。好像是用小型的氣象結界覆蓋島嶼本身，光在島內就有自己完整的四季。周圍的雷雲則是結界帶來的副產物。我也不太清楚為什麼要那樣做。據說是為了掌控更大型的結界所需的交感模型還什麼來著就是了。」

「沒想到你這大賢者什麼也不懂耶。」

威廉那句話似乎惹到史旺了，史旺加深眉頭的皺紋。

「所謂賢者，指的是知當所知的人。什麼都不懂的傢伙，才會講出要人什麼都懂的鬼話。」

「唔喔，有蟲在飛，有蟲耶。滿滿都是讓人季節感錯亂的蟲！」

「聽人講話啦！」

二號懸浮島以懸浮島來說非常小。看來似乎連相當於港灣區的地方都沒有。威廉也想到沒地方下錨要怎麼接舷，大賢者準備的小型飛空艇卻當著他眼前直接輕鬆著陸了。

「這船好棒。給我一台啦，感覺出門買東西會很方便。」

從妖精倉庫到港灣區有段距離。要到別的懸浮島買東西時或多或少會有不便。

「別胡說。這可是連價格都定不出的東西。」

「那真遺憾。」

兩人降落到島上。

那並非多大的島嶼，話雖如此，試著實際踏上去以後也還算廣闊。威廉朝周圍看了一圈，舉目所見都是季節感錯亂而莫名其妙的植被，讓人相當不舒服的光景。

「這什麼名堂？蘋果和桃子居然長在一塊兒。」

「你要是餓了可以吃。沒有毒。」

「呃，那也不妥吧……」

威廉會猜想是不是用了什麼奇怪的肥料。別說放進嘴裡，連觸摸都要猶豫。

「所以呢，目的地是那裡嗎？」

在島嶼中央，建有大概與島底使用了同樣素材的黑水晶塔樓。光從目前位置來看，那似乎是這座島上唯一的建築物。

「顏色黑漆漆，還長著刺，活像邪惡神殿的感覺。」

「答對了……雖然我跟那傢伙是老交情，不過對他那種品味就是無法理解。」

「我倒覺得由你來講也有問題就是了。」

威廉「咯咯咯」地笑。

「經過五百年，你對白長袍的偏愛還是沒治好吧？」

「別講得像病一樣。這是我的原則、我的靈魂，就算經過千年也休想要我拋開。」

史旺用鼻子哼聲。

那段互動的懷念感，讓威廉有點想哭。他和原本理應再也見不到的同伴，來了一段原本再也無法重溫的互動。光是如此，現在這段時間便讓威廉感到窩心無比。

「欸，史旺。」

「怎樣？」

「謝謝你。」

「……我倒是無法理解為什麼這時候非得被你感謝。」

「心血來潮而已，別介意。」

史旺是大賢者，但這不代表大賢者就等於史旺。他有他五百年的人生，從中理應會得到新的體悟，讓內在有所改變才對。史旺的自稱詞和語氣，更不可能永遠和少年時期相同。

話雖如此，史旺現在卻表現得和以前的他一模一樣，還願意用那種方式跟威廉講話。這是為什麼？恐怕，他是在遷就威廉吧。

失去同伴，失去同胞，失去故鄉，還有其他一切的一切——那樣的辛酸，史旺在久遠以前就體驗過一次。而且，他知道威廉現在就處於那樣的狀態。所以為了盡量幫助威廉追思，史旺特地找回了他以前的語氣。事情大概就是如此。

「你在賊笑什麼啦？噁心。」

……或許史旺單純是恢復了童心，倒也不是沒有那種可能性。儘管一度把感謝說出口的威廉不太願意那樣想。

塔中沒有任何人。

推開沉重的兩扇門，爬上頗有氣氛的螺旋階梯，然後進入實在有模有樣的謁見廳一瞧，裡頭卻完全沒有人。

「這是怎麼回事？」

「算不上稀奇。畢竟今天天氣好，大概是在散步吧。」

「啥？」

「你看，這座島如你所見，除了草木以外什麼都沒有吧。因為閒暇時幾乎無事可做，天氣好的時候，那傢伙大多都在外頭閒逛。」

史旺邊說邊湊到窗邊。

「看吧，被我料中了。」

他用目光指向眼前。

可以看見有個穿侍女服的女孩，正一個人推著叩隆作響的手推車。

「……那個女孩怎麼了嗎？」

原來這裡不是無人島，威廉一邊茫然地如此心想，一邊觀察那女孩。雖然角度太陡看不見長相，從頭頂冒出三角形耳朵這點來看，對方是獸人……大概屬貓徵族（Ailuranthropos）。推著狀似沉重的手推車卻完全不影響姿勢，由此可知運貨技術應該相當熟練。

「我沒叫你看她。另一邊啦，另一邊。」

威廉將目光轉到史旺用手指比去的方向，在那裡，他看見女孩所推的手推車——上頭載著差不多雙手環抱大小的漆黑玩意兒。

大概是壓醬菜的石頭吧，威廉心想。然而，又有些不同。要說有什麼不同，威廉一下子也答不上來，應該是質感或重量感之類的部分讓人覺得不對勁——
「喂，那邊的大型垃圾！老夫來叨擾啦！」
史旺用打雷般的大嗓門朝眼前喊。
『——噢，是你這臭傢伙啊，大賢者！來得好，我正閒得發慌！』
黑色的玩意兒動了。
那是顆頭蓋骨。至少，外形就是那樣子。
儘管那玩意兒顏色黑漆漆的，大小相當於成人雙手環抱大小，沒有人碰就會自己抬頭仰望威廉他們這邊，還用老人的低沉聲音講話，但只要對一連串的疑點視而不見，那肯定就是頭蓋骨。
哎，換句話說，是的。
至少，那不是顆尋常的頭蓋骨。
『畢竟我們在上一場遊戲沒做出了結。今日你定要和我分個高下！』
讓威廉頭痛的是，他對那副嗓音有印象。
大約兩年前——話雖如此，那是威廉本身的觀感，外界經過的時間比那多了幾百倍——他肯定見過那副嗓音的主人。而且當時的情況，在威廉體內刻下了強烈的記憶，往後他恐怕也永遠忘不掉。

「抱歉，老夫今天既非臨時起興，亦非為了替你排遣無聊而來！黑燭公（Ebon Candle），我想讓你見一個人！」

塔上塔下，有兩名老人正用針鋒相對——而又親密的大音量交談。

『什麼……難道有客人？蠢材，你怎麼不早說！』

「說歸說，是你自己要放空城的吧！假如想抱怨，你好歹擺個通訊晶石在這裡！那樣老夫來訪前至少會先告訴你一聲！」

『少鬼扯，你也明白通訊在結界陣內外無法成立吧！』

「那種小問題，你不會自己設法解決嗎！既為永生的地神之一，藏點睿智又何妨！」

『哼，只活了區區五百年，你的口氣變得還真大！在那裡等著吧，我立刻在棋盤上教訓你！』

「我早說過今天是為其他事而來吧！」

『噢，是那樣沒錯！該亞，麻煩妳趕緊送我上去！』

被叫到名字的侍女服女孩微微點頭以後，推著車跑了起來。叩隆叩隆的誇張車輪聲繞到黑水晶塔樓的正面，沿螺旋階梯衝了上來。

「——話說回來，史旺。」

威廉用指頭使勁捂著太陽穴，低聲問道：

「我現在是在作惡夢吧？」

「你的心情我懂，不過正視現實吧。有需要的話，我可以甩你耳光喔？」

史旺當著威廉眼前用力握拳。

「免了。被現在的你揍，感覺我的頭還沒清醒就會飛出去。」

「什麼嘛，真沒意思。」

叩隆叩隆叩隆叩隆的噪音越來越接近謁見廳。

『呼……呼哇哈哈哈哈！』

威廉感受到，從寶座那邊彷彿有強風猛然吹來。

那是強橫得不需用咒脈視也能感受到的魔力重壓。能散發出那種氣場的存在，就威廉所知僅有一個。而且，他也只知道一個。

『久違了，人族的勇者！沒想到歷經星霜，又迎得與你再次碰面的時刻，所謂的巧遇確實是奇！』

那是三尊地神之一。過去曾負責守護與人類為敵的星神「艾陸可·霍克斯登」，並擋在要將其討伐的勇者一行人面前，最強而最後的阻礙。

『然而，可悲也，你我終究要走向互搏的命運！奇蹟雖賜予了這場重逢，染血的路途卻無可避免！』

象徵祂的別名多有所在。

比如，寐於死亡者。

比如，折疊世界者。

比如，廣闊大地的父權者。

比如，在光明庭園點亮黑暗者——亦即黑燭公。

對方正是在過去的戰鬥中，準勇者威廉·克梅修以本身性命交換打倒的宿敵。然而，正如其於臨死之際所言，祂跨越漫長的睡眠甦醒在這個世界了——

「——呃，你不用玩那一套啦。」

威廉一臉傻眼地朝對方揮了揮手。

『唔，是嗎？真無趣。』

頭蓋骨——黑燭公爽快地將魔力收回了。原本充滿謁見廳的威嚇氣息瞬間消散。

『可是我想你應該積恨已久，才會試著作戲回應。』

「你表示體貼的方式怪得要命。」

『嗯？難不成你想說自己並無恨意？』

「就算有恨意，誰會再跟你打一場給自己找麻煩啊。之前我會戰鬥是因為後頭有東西要保護，而你會對那些東西造成危害。現在不是那樣了。既然如此便無交手的必要。我有說錯嗎？」

『不惜拋棄性命戰鬥到底，卻連半點怨恨也不留嗎……你是個意外淡然的男人吶。』

「我沒那種意思。

基本上，就算有理由交手好了。你那德性是怎麼搞的？我以前對付的黑燭公可是有皮有肉，脖子底下該長的東西也都有喔。那你怎麼會只剩顆頭，還躺在手推車上做日光浴！」

『何出此言。將我身軀燒得精光的不就是你本人嗎？』

「呃，確實是那樣沒錯啦！可是你說過自己睡一百年就會醒吧！聽你那樣說，一般都會覺得是完全復活吧！為什麼會這麼半吊子啊！」

『我說過，這就是你幹的好事。大概是破壞得太澈底的緣故，光一百年來不及讓肉體再生。你可曉得我在醒來的瞬間有多吃驚？明明如你所見連半條淚腺都沒有，我卻感到想哭喔？』

「誰管你那麼多！」

『況且，從那之後非動用力量不可的狀況就一直持續，根本沒有空恢復。多虧如此，正像你所看到的，長達四百年以來，我都活著獻醜。』

寶座上的黑色頭蓋骨一邊那樣說，一邊靈巧地擺起架子。

那副模樣到底能不能叫「活著」獻醜，威廉心裡倒不是沒有留下疑問，但那種事情無所謂。

「——欸，夠了吧？史旺。你不是為了問候才把我帶來這裡的吧。差不多該談正題了。」

『正題？』

「對。」

承受兩人視線的史旺點頭。

「雖然這傢伙是個從人品、個性、脾氣、本性乃至於心眼兒都爛到極點的討厭鬼，能力卻是一流且值得信賴。足以安插到那項計畫，不，他可以說是缺不得的人才。」

『哦……』

「喂，史旺，你若無其事地鬼扯什麼。」

「威廉，你想不想取回大地？」

「就算你那麼刻意地轉移話題，想溜也沒那麼容——大地？」

威廉聽見了無法置之不理的話。

「大地已經滅亡，更是〈獸〉到處橫行的危險地帶吧？你打算做什麼？」

「我們要主動出擊……話雖如此，要一口氣全部搶回來，大地當然是太過廣闊了。首先要攻下離這座懸浮大陸群最近的神峰菲斯提勒，作為反攻據點。

我們需要的是對抗〈獸〉的手段。再來，就是持續抗戰的手段。在這以前，我們無論如何都欠缺後者。不過如今你來了，那個問題就能朝解決邁進一大步。變得失靈或不穩定的聖劍將可以再次投入戰場。這是相當大的進步。」

「哦。」

威廉一面應聲，一面微微點頭。

「那還真是宏大的計畫。」

「對吧？當然，那會成為超長期計畫，還得集結懸浮大陸群的總力來挑戰才行。而且危險性大，結果也不會立刻出現。可是最終而言，我們有足夠的勝算。」

史旺說著說著，語氣漸漸變得越來越亢奮。

「妖精要多少都能製造出來，所以問題只在於聖劍的數量。」

「──────哦？」

威廉又一面應聲，一面微微點頭。

應該是警覺到自己失言的史旺變了臉色。

「啊，不是。剛才那句話該怎麼說呢……」

「史旺，你不必粉飾，我有隱約察覺到。黑燭公在與我交手時曾用過死靈術。反正百年復生的把戲，八成也是從那衍生出來的。還有你在存活下來時所刻印的咒蹟，照理說也是屬於死靈術的系統才對。

既然是由你們倆在守護著懸浮大陸群，如此一來，就可以推敲出大致內情了。」

按照威廉以前查過的資料，所謂妖精(Fairy)，基本上就是無法理解自己死亡的年幼靈魂遊蕩於此世的產物。原本應該自然育為鬼火或矮人之型態，不穩定且曖昧的存在。而且，看來這些傢伙所知的死靈術似乎有可以用人工形式造出妖精並加以使喚的招數。

還有。威廉所知的黃金妖精，既不是鬼火也不是矮人。

或許不穩定。或許曖昧。可是，她們確實具備有如人族少女般的身體以及心靈。其內心肯定懷有希望、恐懼、愛情、憧憬、絕望。在那種情況下，她們還拋開生命為守護懸浮大陸群而戰。

「判斷的材料齊全到這種地步，任誰都會明白。」

沒錯。而且藉此可以做出近乎篤定的推測。

威廉似乎想哭，同時又似乎想笑，他在連自己都無法掌握的奇妙情緒驅使下，把導出的結論化為言語。

「你們倆——就是創造黃金妖精的始作俑者對吧？」

3．在那之後，時光再度流逝

據說二樓走廊深處最近會漏雨。

實際過去看了以後，可以曉得那看來需要做一些木工活兒來處理。正式修理得在日後到鎮上找業者動工，威廉似乎決定只做應急處理。他確認手邊有木板和鐵釘——

「——欸，有沒有人曉得木槌放在哪裡？」

威廉回頭詢問。

（在一樓庫房。之前你也用過吧，已經忘了嗎？）

珂朵莉手扠腰間，傻眼似的回答。

（真是的，不知道該說你健忘還是記性差……）

她只有口頭不滿，實際上則是有些開心地在抱怨。然而，她卻在出聲抱怨完以前，察覺到狀況有異。

威廉的眼睛並沒有看著珂朵莉。

（你在看什麼？）

珂朵莉回頭。可是，眼前只有和平常一樣的走廊。沒任何人在，也沒任何東西。

「珂朵莉，妳去哪裡了？」

她聽見不可思議的話。

威廉一邊東張西望地環顧四周，一邊講著奇怪的問題。

（開哪種玩笑啊？我不是好端端地在這裡嗎？）

珂朵莉用了比剛才更強的語氣抱怨，威廉卻只會歪頭嘀咕：「奇怪，原本覺得她好像在旁邊就是了。」一點也不肯看珂朵莉這裡。

（等等，你別鬧了──）

珂朵莉伸手，她有意那樣做。

伸不了。

想伸出去的手，根本不在任何地方。

珂朵莉想低頭看自己的身體，就發現任何地方都沒有那種東西。

「珂朵莉？喂，妳躲去哪裡了？」

威廉開始走動。

他在妖精倉庫到處遊蕩，尋找看不見的少女身影。找不到。他離開倉庫，在島上四處尋找。找不到。他把遇見的人一個一個抓住，詢問珂朵莉·諾塔·瑟尼歐里斯的下落。沒有答案。

（欸，你要去哪裡？）

（你在找哪裡？）

（我就在這裡喔。）

（我好端端地待在你身邊喔。）

（欸。）

（我在叫你耶。）

（快發現啦。）

珂朵莉再怎麼想跟威廉說話，都發不出聲音。發不出聲音的話語·無法傳達給任何人。

不久威廉就走累了，然後手足無措地杵在原地。

有人輕輕拍了他的肩膀。

「已經夠了，接受事實吧。」

妮戈蘭露出落寞微笑，平靜地告訴威廉：

「那些孩子已經死了。」

——猛然撥開毛毯的珂朵莉一躍而起。

心悸止不住。她用手掌按住怦然狂跳的心，反覆深呼吸。稍微鎮定下來後，身體打了哆嗦。冬日早晨的空氣正無情地隔著睡衣逐漸奪去體溫。

珂朵莉下床撿起毛毯，將那捲成一團，然後緊緊地摟住。

「是夢啊。」

她嘀咕。

「是夢，對吧。」

她抬起頭，看向窗邊。

冬天的黎明來得晚。窗簾另一邊仍被昏黑的夜色所籠罩。

身體感到倦怠。珂朵莉想再一次蓋上毛毯橫躺。

可是，她提不起那樣做的意願。

珂朵莉一想到說不定會繼續作那樣的夢，就無法闔眼。

†

——在十五號懸浮島的戰事結束了。

珂朵莉等人返回妖精倉庫。

在那之後，又過了兩天。

威廉還是沒有回來。

†

拂曉下起的豪雨，在接近中午時，像虛晃一場地停了。

在撥雲見晴的藍天下，嬌小的少女們好似迸開的鳳仙花，紛紛衝到操場。眼看白色的球高高彈起，逐漸沾滿了泥巴。愉快地追著球的少女們，同樣在轉眼間就沾得全身泥。

在讀書室一角，奈芙蓮沉睡著。

她用交叉在桌子上的手臂當枕頭，一臉安穩地發出輕輕的鼾聲。

「唉～真難得耶，蓮居然會把書甩在旁邊。」

口氣像在哄小孩的艾瑟雅從桌子底下把書撿起。

「照她的情況來看，與其說是過度催發魔力，不如說單純只是身體累壞了的樣子。畢竟她在成體以後還沒有多少經驗，體力的部分並沒有養好。」

像那樣還撐過了那種長期戰，她真的非常努力耶——艾瑟雅一邊如此嘀咕，一邊輕拂奈芙蓮額前的頭髮。

「……艾瑟雅，那妳還好嗎？」

「我喔？要說的話，我好到快流鼻血嘍。別看我這樣，我唯一有自信的就是遊手好閒地保持長壽。」

哼哼——艾瑟雅挺起薄薄胸膛。

珂朵莉覺得她的話很可疑。

這個黃金色的妖精，總是愛用讓人分不清楚認真或說笑的語氣來講要緊事。因為那樣，就算從她口中說出了重要的事情，也會讓人猶豫不定地思索能不能信。

「我才要問妳狀況怎樣呢，珂朵莉。」

珂朵莉被對方用若無其事的語氣反問。

「我嗎？要說我嘛……」

當然沒問題啦——珂朵莉差點如此回答。

她希望那樣回答。

辦不到。艾瑟雅的視線和輕鬆口吻正好相反，銳利得好似要貫穿珂朵莉的眼睛。

「……我想，難免有一點吃不消吧。希望能暫時避免出擊的感覺。」

珂朵莉無力地微笑，然後聳肩。

「雖然我們前兩天才去過，假如情況真的不妙的話，要不要再向軍方申請去十一號島？畢竟現在的妳是重要戰力，要申請應該會過，再說只要把狀況告訴那個醫生，也許至少會得到一些讓妳寬心的建議喔。」

「沒事的啦。感覺有點吃不消而已。」

珂朵莉對艾瑟雅揮了揮手。

「有妳給的建議就夠了。我信賴妳啊，**學姊**。」

「……妳肯那麼說，我是很高興啦。」

艾瑟雅伸指搔搔自己捲捲的頭髮。

「再說，我現在離開這裡，要是和他錯過不就糟透了嗎？因為我想盡快見到他，被吩咐先回來的我留在倉庫等就是對的。」

「唉……完全就是戀愛中的少女嘛。」

「嗯，對呀。」

「妳現在已經不隱藏也不掩飾了喔？」

「誰教那個人知道我的心意，還是一直在逃避。靠那種遮遮掩掩又刻苦的追求方式，肯定到最後都抓不住他的心。

所以嘍，走到這一步，我覺得只能毫不掩飾地直接衝了。嗯，雖然他看起來讓人捉摸不住，其實呢，我覺得他是那種被打亂步調就會亂脆弱的人喔。」

「啊～的確。」

「所以我打算等他一回來就一直逼一直逼，逼到昏天暗地。到時候妳們當然也要幫忙，要先做好心理準備喔？」

「ＯＫ～包在我身上。」

艾瑟雅豎起拇指。珂朵莉也豎拇指回敬。

她剛才那些話，並沒有虛假。

珂朵莉打算等威廉一回來就一直逼一直逼，逼到昏天暗地。

沒錯。只要他回來的話。

——這個地方，原本並沒有他在。

因此，目前他不在的這種局面，才是妖精倉庫本來該有的模樣。

「或許，他不會再回來了呢。」

珂朵莉在精神比較脆弱的瞬間，也會冒出那種想法。

「畢竟裝得一臉呆的他，是極為稀有的人才嘛。

稀有到之前會待在這種地方反而奇怪。原本懸浮大陸群應該要舉眾迎接，讓那個人坐上應有的地位，然後向他討教失落的睿智才可以吧。

所以說，他就這樣不回來才是正確的，肯定沒錯。」

珂朵莉當著大家面前那麼一說，就得到了各種不同的反應。

緹亞忒等人嚷嚷：「那樣我不接受！」「會變得寂寞，我不喜歡。」「要打倒技官的人是我！」「睿智是什麼？」真不知道她們有沒有理解珂朵莉所說的內容。

妮戈蘭好言相勸：「妳可以一直坦率下去喔？」囉嗦，那還用說。

奈芙蓮只有微微垂下目光，沒露出更多反應。哎，說來是滿像她的風格。

另外，艾瑟雅則帶著壞心的笑容反問：「假如真的是那樣，妳怎麼辦？」

假如，威廉就這樣不回來了，珂朵莉要怎麼辦？

她試著思考，卻想不出具體的答案。

「大概也不能怎麼辦吧。」

珂朵莉帶著曖昧的表情那麼回答以後，艾瑟雅就對她發出了簡直故意的長長嘆息。

——反正，這裡原本就沒有他在。

所以，現在這種不能待在他身邊的生活，才是珂朵莉該度過的日常。

「喝呀！」

珂朵莉聽見銳利又可愛的吆喝聲，便反射性地閃身。從她背後撲過來的潘麗寶和可蓉沒抓到目標，直接「啪」地摔在走廊上。

「……妳們兩個在做什麼？」

語氣傻眼的珂朵莉幫忙扶起兩人。

晚了點跑來的緹亞忒數落：「我就說嘛。」然後用指頭輕彈兩人紅腫的鼻子。唔呀

——小小的兩道尖叫聲傳出。

「憑妳們哪有可能敵得過學姊。還早十年喔。」

哼哼——緹亞忒莫名自豪地挺胸。

「可是，要是威廉不在就都不練習，招式很快就會荒廢的。」

可蓉淚汪汪地抗議。

「什麼招式啦？用來做什麼的？」

「用來征服世界的招式！」

潘麗寶使勁握緊拳頭。

「哪裡的世界啦？妳們是要征服哪裡？」

緹亞忒傻眼了，旁邊則有菈琪旭連聲道歉：「對不起對不起。」還惶恐地頻頻低頭賠罪，看著都覺得可憐。

「……對了，緹亞忒。」

「啊，我在。學姊有什麼事？」

「之前，妳確認過身為成體的適性了吧？和遺跡兵器的契合性已經確認完了嗎？」

「啊～那個還沒有。妮戈蘭說，要等威廉回來再幫我找搭檔。」

「……是喔。」

珂朵莉伸手攪亂少女的髮絲。

「學……學姊？」

「希望妳能挑到好的劍。」

她溫柔地那麼說，然後放手。

「怎麼了嗎，學姊，妳的臉色有點差耶？」

「是嗎，會不會是疲倦還沒消退？」

曖昧笑著的珂朵莉避開了學妹的視線。

†

珂朵莉回房以後，立刻用背靠在順手關起的門板上。

她就那樣一路滑坐到地板上。

珂朵莉將頭低下來，連著腿一起用雙臂抱住。

「那個騙子……」

為了不讓自己以外的任何人聽見，她小聲嘀咕。

「我有好好地遵守約定喔。

可是，為什麼你就不能遵守……」

間隔一會兒以後，珂朵莉抬頭，並且起身。

木窗及窗簾都緊閉的房裡，有如夜晚般昏暗，即使如此那仍是自己熟知的房間。珂朵莉靠著不足的光源拿起倒扣在桌上的鏡子。

「…………」

鏡子的另一邊是整片黑暗，在那當中。

站著某個紅眼睛的人。

『扁平的蜘蛛』

「妳是誰啦？」

聲音發抖的珂朵莉朝著鏡子另一邊問。

在那裡的，是她十分熟悉的臉孔，理應如此才對。每天早上洗臉都會看見那張臉，理應如此才對。無論笑臉、哭臉、生氣的臉或其他的臉，都是一直以來幾乎讓她看到膩的臉龐才對。

可是，為什麼？

在鏡子的另一邊，那傢伙為什麼會用發楞的眼神看著她這裡？

為什麼她看了那張臉，會認為是自己不認識的其他人？

既然那是自己不認識的其他人，在鏡子這一邊，位於她無法直接看見的地方的，又是誰的臉？

『吃過的餅乾』『燒完的蠟燭與烤黑的信封』『鋼之鳥與七彩箭尖』

吵死了。

吵死了吵死了吵死了。

為什麼會想起？為什麼會冒出來？

戰鬥早就結束了。從那之後，珂朵莉一次也沒有催發魔力。既然這樣不就沒事了嗎？只要肯遵守分寸，不就無礙於日常生活嗎？難道艾瑟雅說的那些是謊話？

不對。

錯在她自己。

珂朵莉在戰鬥中，本著覺悟這個詞，將寶貴的東西拋開了。她出賣掉自己能保有自我的大部分時間，才換來摧毀十五號懸浮島的奇蹟。

珂朵莉並不後悔。不，她認為自己不該後悔。當時懸浮大陸群處於瀕臨滅亡的局面。即使原本就以用過即丟為前提的一名妖精兵稍微減壽，代價也還算便宜才對。

該懊悔的，大概是她後來忍不住當著威廉面前故作堅強這一點。因為她不想讓威廉擔心。她希望回到出發作戰前，純粹地為她們將來著想的威廉身邊。所以，她對前世侵蝕的事絕口不提，還要艾瑟雅和奈芙蓮幫忙守密，於是一回神就落得這種下場了。

至少，珂朵莉希望能在這裡，向那個人說聲「你回來了」。

還有。

「好想吃……奶油蛋糕喔……」

她懷著想哭的心情如此嘀咕。

鏡中的少女似乎在嘀咕同樣一句話，也動了嘴唇。

僅僅一滴的淚水，沿著她的臉頰落了下來。

『破掉的世界』『游於繁星間的魚』『爸爸』『黃色布偶』『有著藍天色眼睛的陌生女孩』『彎彎曲曲的樹』『叫個不停的黑貓』『紙包中的小石子』『陰霾得耀眼的天空』『鏡子另一邊的世界』『然後』『然後』

鏡子從手中滑落。

在地板上摔破，碎片四散。

少女當場頹然倒下。

4．等那場仗結束以後

「你們倆——就是創造黃金妖精的始作俑者對吧？」

兩人毫不否認地認同了這項推測。

「話雖如此，我們並沒有四處遊走讓妖精一個一個地誕生。只是在作為素材的巨大魂體上施予咒蹟，好讓她們帶著接近人族的體格與人格自然誕生罷了。」

史旺臉色僵硬，並擠出粗啞的聲音解釋。

『還有，為了不讓靈魂墜於大地，我們對包覆懸浮大陸群的箱庭結界也動過手腳。那麼，聽完這些話，你會如何應對？』

而另一邊的黑燭公，至少連表情也沒有改變分毫（當然，這得假設區區的黑色頭蓋骨做得出表情就是了）。其嗓音也沒有顯著的改變，甚至好像有反過來要觀察威廉反應的味道。

威廉默默地揪起史旺的胸口。

然後他舉起另一手握緊的拳頭，瞄準史旺的臉龐。

——就這樣過了幾秒。

「這也不是揍你們一頓……就能獲得解決的問題。」

怪罪製造妖精的機制也沒用。要守護懸浮大陸群必須有聖劍的力量，要使用聖劍必須有人族的勇者，因為到處都沒有那樣的人只好創造黃金妖精當代替品。這一連串的流程，無論斬斷哪個環節都會直通懸浮大陸群的瓦解。

既然不存在任何一個能替代的方案，那就是最妥善的手段兼唯一解。

無論倫理或人道，都沒有介入其中的餘地。

她們的戰鬥，並非成立於某個人的惡意之上。

基本上，威廉就是因為本身無法戰鬥，才會站在將珂朵莉等人推上戰場的那一邊。對此他就算再怎麼惱火，就算無從忍受，也不能責怪史旺他們。

「——可是，那也僅限於防衛線的部分。

勇者挺身而戰，一向都是為了保護眾人，還有人們所珍惜的城鎮。要遠征拓展領土，勇者就是個錯誤的人選。別將她們消耗在不打也行的仗上面。」

威廉一邊呻吟似的告訴史旺，一邊放開將他揪起的手。

「這並非不打也行的仗。而是遲早有必要的仗。

你也明白吧？懸浮大陸群並不是永恆的。儘管以往五百年勉強撐了過來，也不保證還有下一個百年。我們在將來非得回到大地才行。」

「那只有我和你們的事吧。」

「——這話怎麼說？」

「見過五百年前的世界，認得地上尚未變成那模樣時的人有限。對沒見過那時代的人來說，大地根本從他們一出生就是遠在彼方的世界。即使那是逐夢與冒險的寶島，也沒有更深一層的意義。

那些傢伙珍惜的故鄉，是他們現在所住的天空，所住的島，所住的城市。此外再沒有別的地方。」

我說的對吧——威廉向對方徵求同意。

「就算那樣……難道說，你都不會悔恨嗎！你都不想回去嗎！

我同樣在這裡活了五百年！遠比我在大地過活的時間要長！這片天空無疑是我第二個

故鄉！

可是，就算那樣！我的第一個故鄉依然是帝都！你也一樣吧！

不，剛來到這片天空的你，對帝都的感情應該比我更深！根本就不可能忘掉，不是嗎！」

「假設我們傾目前懸浮大陸群之總力，收復了大地。」

相對於激動的史旺，威廉始終冷靜地對答。

「那裡又有誰在？有任何一個在你回去時，會對你說『歡迎回來』的家人等在那裡嗎？」

「這……」

史旺語塞。

他張開一度想說些什麼的嘴巴，卻又立刻閉上。

『你不告訴他？』

「不。」

史旺大大地搖頭——然後收斂自己的表情。

「那就是你的想法吧，威廉．克梅修。」

他的語氣變了。

威廉的老友史旺·坎德爾已經不在那裡了。取而代之站在那裡的，是多了五百高齡且背負著懸浮大陸群未來的大賢者。原本輕柔的金髮褪去色彩，原本像蘋果一樣的肌膚衰謝得滿是皺紋，原本如人偶般的嬌小身軀長成了需要仰望的大漢，而且——

——以往曾被矚望其未來的天之驕子，如今正為了取回過去，打算將現在與未來全賭上。

「抱歉，**大賢者**。」

威廉硬是用緊繃的笑容，蓋過自己快要因落寞而扭曲的臉孔。

「要我為了世界的遙遠未來之類的事而戰，我好像已經辦不到了。」

「……本來我還以為，你是個更接近勇者的男人。」

「我也是。」

威廉點頭。

過去他志之所在，儘管拿到了準勇者的稱號，最後卻無法抵達的下一個境界。

原本曾以為是才能所致。

原本也曾以為是境遇所致。

然而，說不定威廉的想法錯了。或許在他的內心深處，還藏著更致命性的缺陷。

「我以前也那麼覺得。我曾打從心裡相信自己可以成為勇者。然而事實並非如此。所以，我現在才會在這裡，像這樣活著獻醜。」

『嗯。能不能讓我也問一句？』

頭蓋骨從旁發問。

它靈巧地從寶座上一滾，然後落在鋪有軟墊的手推車上頭。用不著吩咐，守在旁邊的侍女就把車推到了威廉他們身邊。

『方才我挑釁時，你曾說過吧？你沒有與我交手的理由。縱使有理由，原本曾為頂天立地大丈夫的黑燭公，為何會落得這種兼具俏皮與威嚴又虛懷若谷的模樣？』

威廉完全不記得他有說過。至少後半句沒有。

『雖然你似乎巧妙地將話題轉移了，但只有我托出真相，未免有失公平不是嗎？假設我倆有理由交手，你還是有其他無法那麼做的理由吧？』

「什麼？」

大賢者稍稍揚起單邊眉毛。

「也對。」

威廉磊落地點頭回答：

「雖然沒有嚴重到像某顆頭蓋骨那樣，但我的身體在跟這傢伙交手後也幾乎沒有康復。石化是解開了，詛咒也解除了，可是由於有細微傷勢殘留在全身，據說我現在的狀況就像千瘡百孔的爛抹布。

我還被認識的食人鬼說過『感覺我的肌腱不用菜刀拍打也能用牙齒輕鬆咬斷』這種話。」

『原來如此。尤其是關於挑肉的部分，食人鬼這個種族的眼光再值得信任不過。換句話說，你現在身上並無以往那般的戰力。就算想戰鬥也沒辦法戰鬥。

所以——假設我們在這裡打算來硬的要你聽命，你也無從抵抗。是不是如此？』

「啊～我懂了，話講到那個份上啦？」

威廉搔了搔頭。

「坦白講要那樣的話，我希望你們放我一馬。說來老套，可是有人在等著我回去。」

『所以貪生怕死在所難免？』

「不，我收拾掉你們倆以後就回不去了。」

威廉聳肩。

「因為我沒學過飛空艇的駕駛方式啦。」

『……感覺實非常人的思路吶。真懷念，看來你和那時候絲毫沒變。』

狀似莫名欣慰的頭蓋骨說完話以後就轉了一圈，然後轉向大賢者。

『大賢者。暫且斷念吧。此人意志堅定。

不……看來無可動搖的意志，正是此人的本質。這廝的心裡只能容納一個目的。而且在此期間，與該目的無關的一切事物，看在他眼裡都沒有半點價值。因此他不會屈服。不會止步。他會蠻幹到底。

一旦這廝決定要守護那些妖精，目前對他來說，那就是一切。就算要犧牲其他萬物，他也會堅持到最後才是。我不想再承受他那禁咒齊發的折磨了。』

不，那倒不可能。

禁咒這東西並非輕輕鬆鬆就能用。威廉當時用的禁咒到現在大多早就未達發動條件了。儘管還能用的也不是沒有，然而祭出後要付的代價就是死，就算運氣好到極點也要迎接再度石化的末路。不管選哪邊，他都無法回妖精倉庫（家）。

……以上這些就不要乖乖向對方特地說明好了。反正他似乎被高估了，感覺就這樣繼續誤解下去會比較好。

「可是。」

『若你無論如何都要他協助，通盤招出就行了。只要把你先前隱瞞的大地真相揭開一兩項，這男子的態度也會改變才是。』

「那不成！」

大賢者臉色慌張地拉高音量。

「……地上的，真相？」

另一方面，威廉皺眉咬住了他無法忽略的這句話。

「怎麼，原來你有事瞞我？」

「……那是與你無關的事。」

「別扯那種一聽就知道的謊。照這傢伙剛才的口氣，那似乎是足以讓我改變心意的判斷材料嘛，對吧？」

『我無話可說。』

「聽到了吧。大賢者，你怎麼說？」

「老夫也無話可說。事關這個世界的未來。有些話只能告訴憂心未來之人。」

臭傢伙，想對剛才的論戰還以顏色嗎？誰怕誰。

被激到的威廉正打算跟對方卯上時——

——有爬上螺旋階梯的腳步聲朝這裡接近。

『今天客人可真多。』

黑燭公傻眼似的嘀咕，現場的目光轉向門口。從那裡現身的究竟是——

「打擾了。」

是那位兔徵族的一等武官。

「這裡是聖域。我應該交代過不可輕易接近！」

大賢者用轟然的低沉嗓音斥責。兔徵族微微點頭，然後行禮回答：「出了下官得做好挨罵覺悟趕來報告的狀況。」

「——何事？」

大賢者一改先前的態度，語氣沉穩地催他繼續說下去。

兔徵族先朝威廉瞥了一眼，然後才將嘴巴湊到大賢者耳邊，並報告發生何事。

「……照你判斷，那是必須急著闖進聖域來報告的事？」

「是的。」

兔徵族一臉認真地對大賢者的奇妙質疑點頭。

「我明白了。由老夫來告訴這個男人。」

大賢者緩緩轉頭以後，便朝威廉走近一步。

「……怎樣啦？這麼鄭重。事情跟我有關嗎？」

「正是如此，威廉．克梅修二等咒器技官。」

大賢者嚴肅地告訴威廉。

「從奧爾蘭多商會的協助者那裡來了聯絡。

遺跡兵器瑟尼歐里斯的適用者，人格似乎在前世侵蝕下遭到破壞了。雖然肉體還沒有開始消失，恐怕只是時間問題吧。」

†

變得臉色蒼白的威廉跳上武官的船艇，離開聖域了。

被留下的兩人為厚重沉默所籠罩，凝視著青年離去的雲海另一端。

『為何你不向他道出一切？』

打破沉默的黑燭公問。

『若得知大地上有何物在，有何物長久存在，他的答覆也會不同才是。』

「我想也是。」

大賢者帶著忍受苦澀似的表情回答。

「可是，以結果而言，那傢伙的心肯定會崩潰吧。像他那樣，有著憑一股信念就能奮戰到底的能耐，心碎以後反而會一無所能。矛光是生鏽還有用途，矛尖一碎就連用途也沒了。」

『像那種問題，端看你如何表達。藉資訊操控來操弄人不是你的長項？』

「是啊。那傢伙是單純的男人，老夫現在應該可以輕鬆操弄他，不過。」

大賢者輕輕聳肩。

「笑吧。這只是感傷。面對過去偷偷當成兄長仰慕的對象，老夫似乎不願對他說謊。」

『但願你花的心思不會白費。』

黑燭公明明沒有肺，卻發出宛如嘆息的玩意兒。

『妖精一旦壞了便無法復返。若有差錯，那個男人立刻就會崩潰。』

5. 約定何去何從

威廉完全不記得自己是從哪裡，用什麼方式回來的。

他應該是被那名憲兵的船艇從二號懸浮島載回來的才對。除去為補給的停泊、迴避偽龍浮石而調整航道不提，幾乎是以最短時間趕完最短路程的才對。

而且，即使如此，不管再怎麼趕路，理所當然的事情是——

威廉沒有趕上。

藍髮少女橫躺在床鋪上。

她靜靜地睡著，看似如此。看似隨時會睜開眼睛，然後動起來。

可是，不會那樣的。

因為她再也不會醒來了。

「她守住約定了喔。」

站在門口的艾瑟雅用靜靜的語氣告訴威廉。

「她有活著回來。

從實在不可能存活的戰場上，一心想著要見技官——要向技官撒嬌，才為自己保留了一點點壽命回來的。」

「艾瑟雅。」

站在她旁邊的奈芙蓮靜靜搖頭。

「不可以怪威廉。沒把珂朵莉的狀況告訴他的，是我們。」

「對呀。所以我沒有怪他的意思。可是。」

「……沒有錯。該責怪的，沒有遵守約定的，是我。」

威廉嘟噥出一句。

「這傢伙，守住了我所說的話。可是，我卻沒能接她回家。

這件事，就只是如此而已。」

對妖精兵來說，死亡是與日常生活相隨的。

她們對自己的生命價值之薄有自覺。所以，就算同伴中有人脫離，也不會多悲傷。她們不會做出那種事情來耗損心靈。不會因為那種理由損及身為兵器的性能。

†

「那個那個，大家知不知道妮戈蘭去哪裡了？」

菈琪旭一邊東張西望，一邊來到遊戲室。

「沒看見。有什麼事要找她嗎？」

可蓉一邊用關節技勒住藍色熊布偶，一邊反問。

「嗯，週末採購的事情，我想找她商量要怎麼辦。快到大風雪的季節了，我覺得要買多一點東西囤起來才可以。」

「噢，肚子餓就不能打仗！」

「……要找妮戈蘭，她肯定是在山裡頭。」

地毯上的潘麗寶一邊把白色的球踢向牆壁，一邊回答。
「只要有人回不來，她總是會去哪裡。這次肯定也一樣。」
「啊……對喔。」
菈琪旭理解了。
「要去找她嗎？」
被問到的她想了一下，然後搖頭表示：「不了。」
「妮戈蘭不在，表示她現在沒辦法對我們露面吧。硬要去見她，肯定會被吃掉的喔。」
「有可能。」
可蓉深深地點頭。
「妥當的判斷。」
潘麗寶坦然地點頭。
「……緹亞忒？」
菈琪旭叫了久久沒參與對話的另一個人的名字。
「咦？啊，怎樣？抱歉，我剛才沒有在聽。」
原本將手腳在地毯上伸展開來，並且茫然望著天花板的緹亞忒，這才慌張似的抬起上半身。

「怎麼了啊，緹亞忒？總覺得妳最近都心不在焉耶。」

「嗯啊。」

緹亞忒對那有自覺。所以，她要找話回答，一瞬間答不出來。

「……我也不太清楚。怎麼回事呢？腦袋裡空空的。」

「因為珂朵莉學姊壞掉了？」

被對方一說——緹亞忒的胸口感到刺痛。可是，她不太了解那種痛的理由，因此決定當成是心理作用。

「是那樣嗎，我不太清楚。」

緹亞忒歪頭敷衍過了菈琪旭的問題。

†

時間緩緩地，一點一滴地經過。

一天．又一天。再一天過去。

時間刻劃似的向前進，並且逐漸流逝。

†

無論如何凝神觀察，珂朵莉體內的魔力都流動平穩，看不出任何異樣。

威廉一邊忍著使用咒脈視要付出的頭痛代價，一邊牽起珂朵莉的手。白皙，嬌小，冰冷。他沿著珂朵莉手指的根部，溫柔地慢慢揉過將位於手掌內側的幾個穴道。

「以前，我遇過因為嚴重的急性魔力中毒而失神，之後就醒不過來的人。喚醒的他就是這個術式。要用刺激性低的方式，一點一點地，從身體的末端將魔力脈象確實導正——」

威廉明白，就算做這種事也沒用。

和他以往的同伴撿回一條命時不同，珂朵莉體內的魔力並無異狀。換句話說，該治療的部位根本不存在。這傢伙身上的異常，原因不是出在那方面。

即使從外側用盡手段，狀況也沒有任何一點好轉。

可是，威廉沒辦法不做。或許會有一絲絲的效果也說不定。他巴著連可能性都稱不上的微微希望。為了從無能為力的自己身上轉移目光，威廉就是無法什麼都不做。

他沒能說聲「妳回來了」。

他沒能聽見「我回來了」。

那些累積起來的懊悔，使威廉巴住了事到如今應該還有什麼手段能補救的幻想。

「威廉。」

有人從背後叫他，他回頭。

「嗨……感覺好久不見了呢，妮戈蘭。」

「是啊。抱歉，我這陣子都不在。

這裡一有人死去，我的心就會接近崩潰。為此難過的自己根本有病，但我不願意那樣想，腦袋便一直空轉。

所以，我去了島上的內地，找樹木或熊來發洩。」

聽起來，那對樹木或熊還真是過意不去。

「說來真奇怪對不對？一旦陷入這種情緒，連食慾都會消失喔。明明眼前就擺著看起來這麼柔軟又美味的肉——」

「那妳不配當食人鬼嘍。」

「是啊。現在還能不能當其他種族呢？」

身穿圍裙洋裝的食人鬼無力地笑。

「一個人流淚，一個人生氣，一個人哭叫，都讓我感到疲倦了。」

如此嘀咕的妮戈蘭臉上，就像她本人所說的，有著濃濃倦色。

「說來真過分。我現在，心裡有一點高興。你肯為這孩子流淚。我會覺得自己已經不是孤單一個人了。」

「確實很過分，但我也跟妳差不多。」

妮戈蘭出現在這裡，讓威廉覺得有些寬慰。他招認自己有那種想法。

「——有幾件正經事要談。我想換個房間，你能不能跟我來？」

「在這裡不能談嗎？」

「對我來說有點勉強。而且，我想你肯定也會難過就是了。」

啊，原來如此。要談那方面的事嗎？

「我不能逃避嗎？」

「假如你想，我不會阻止喔。」

唉，混帳。被人那樣一說就逃不得了。

妮戈蘭的房間一片昏暗。

直到此時，威廉才察覺幾件事情。看來現在似乎是晚上。還有，外面似乎在下雨。

「抱歉，好像只剩這盞燈還有油可以點。」

她將讀書用的小盞油燈擺到桌上。

朦朧的光將房內幽幽照亮。

「要喝哪種酒嗎？」

「稀奇了，這個房間會招待紅茶以外的東西。」

「沒有火嘛，我有什麼辦法。再說……」

醉了以後講話才輕鬆。那是妮戈蘭發出的弦外之音。

威廉用一聲嘆息吹散那種微妙的氣氛，然後問道：

「——妳要談的是？」

「嗯。」妮戈蘭看似難以啟齒地把話停住一會兒才開口：「是關於緹亞忒適用哪柄劍的事。」

「啊……」

威廉含糊地點頭。

「瑟尼歐里斯嗎？」

「虧你曉得。」

「那柄劍是否處於可用的狀態，會讓戰力產生大幅差距。照常理想，只要一個適用者廢了，自然需要再找下一個。

……雖然我根本不想把那當成常理……自己毫無疑問就能想到那一環，更讓我反胃。」

「要吐的時候，我至少可以幫你拍背。反正我的心情跟你一樣。

但別忘了思考該怎麼讓自己適應。像這樣的事情，這不是第一次，也不會是最後一次。」

「於是每次都會有熊被干擾到冬眠。」

「沒禮貌。我都會把收拾掉的帶回來煮火鍋喔。」

雖然完全無法構成反駁，不過那對當事人來說似乎是重點。

「哎——戰力那方面的道理我懂，但瑟尼歐里斯是性子拗到極點的劍。我不認為它會行方便配合我們，說交棒就交棒給下個適用者喔。」

「什麼意思？」

「基本上，它是極位古聖劍。層次不同於其他的劍。這裡所提到的層次，幾乎就等於它在挑適用者時的任性程度。」

瑟尼歐里斯會嚴格挑選揮動自己的對象。」

「能不能靠你的技術想點辦法？」

「哪有可能。要是辦得到，我就自己拿來用了。」

苦笑的威廉想起往事。

「——我第一次看見瑟尼歐里斯時，是師父在用它就是了。關於當時的戰鬥，其實我幾乎沒印象。倒不如說，我幾乎什麼都沒有看見。畢竟我師父和瑟尼歐里斯就是強到那種地步——」

威廉娓娓道來。

在昏暗而封閉於黑暗的房間中。

為了接受少女的死。

為了連繫下一步。

為了活在往後即將欠缺珂朵莉的每一天。

「遙遠的夢，爾後」

-eternal dreamer-

少女回神時，就站在陰暗的廢墟裡了。

她眼前倒著嬌小孩童的屍體。死因是胸口上的大塊刀傷。流出的血液將孩童全身染成了混濁的暗紅色。

少女茫然地俯望那景象，孩童的輪廓就忽然變得模糊，像要脫去舊衣服那樣，半透明的孩童當場自己站起來了。屍體依舊趴在現場，可是，另外還有個身形幾近透明的孩童站在少女眼前，望著她這裡。

啊～

孩童朝**少女**伸手。

是要她握住的意思嗎？**少女**如此心想，便用自己雙手包裹似的握住孩童那隻手。

孩童笑了。

少女似乎受到引誘，也跟著笑了。

少女讓孩童牽著手，到處跑來跑去。

廢墟相當寬廣，感覺不是兩三下就能探險完。每拐過一個轉角，每跨過壞掉的一扇門，就有新東西亮在眼前。有時是形狀奇妙的布偶；有時是破破爛爛已經讀不出內容的圖畫書；有時則是不知道該怎麼使用，但恐怕是記錄晶石的水晶塊。

儘管發現了一些看起來有趣的東西，孩童卻無視那一切，只管往廢墟裡頭到處跑。

他該不會在找什麼吧？**少女**心想。

少女如此問，孩童便用力點頭。

『**翠！黑！**』

雖然少女不太懂意思，不過孩童似乎既快樂又開心的樣子，因此她認為那肯定是這孩子最愛的東西。

她又問東西是在這座廢墟裡嗎？孩童就對她偏頭。

大概是問題太難懂吧。那麼想的**少女**決定改問其他事情。沒錯，改問她或許該最先問清楚的事情。

你叫什麼名字？

『**艾陸可！**』

是嗎，請多指教，**艾陸可**。真可愛的名字呢。

少女帶著兩成客套的意思那麼一說，這次又換孩童指著她，然後偏頭。

難道說，你在問我的名字？

孩童點頭如搗蒜。

艾陸可問得有道理。既然**少女**向人問了名字，她自己也該報上姓名。她覺得這是十分合情理的想法。

我的名字是。

我的，名字，是——

咦，怎麼回事？**少女**感到困惑。她想不起來。不只自己的名字。自己是什麼人？為什麼會在這裡。話說這裡是什麼地方？

艾陸可偏頭。

我記得——自己是——對了，我記得自己有非做不可的事情。我有非見不可的人。至少現在並不是讓我在這種地方遊蕩的時候才對。

所以……所以……

『……？』

艾陸可三度偏頭。

少女告訴他，自己得回去才行。因為有人在等她回去，她必須到自己該在的地方才行。

『無論如何？』

無論如何。

『明明有許多難過的事情，還是要回去？』

少女明白。可是，那沒有關係。

她有想見的人。她有非活下去不可的理由。

『這樣啊。』

艾陸可落寞似的垂下目光，經過像在沉思的短暫沉默以後，他放開了**少女**的手。

『我懂了。再見，**珂朵莉**。』

——咦？

†

「——奇怪？」

珂朵莉醒了。

她緩緩地起身。像是睡太久的倦怠感包裹著全身。

輕微的頭痛使她按住太陽穴。

珂朵莉覺得自己好像作了漫長的夢。雖然內容不太記得，可是那非常的……應該說，那讓她覺得懷念無比，而又恐怖。是那種感覺的夢。

不，還有比那些更應該先確認的事。

珂朵莉摸了摸全身上下。這種要自稱大人會希望再多點起伏的觸感。不會錯，就是珂朵莉．諾塔．瑟尼歐里斯的身體。

「我活得好好的——？」

腦海格外清靜，那些奇怪到極點的意象奔流連一點動靜都無法感受到。怎麼回事？她有些混亂。

咕嚕嚕嚕嚕，不太端莊的聲音。

珂朵莉發現，她餓得快死了。

到廚房偷吃點什麼吧。

那麼想的她到了走廊才發現，現在似乎是晚上，而且外面正在下雨。因此，整座倉庫都被靜靜的黑暗籠罩著——

她看見有個房間透出淡淡的燈光。

是妮戈蘭的房間。

「…………」

珂朵莉不自覺地放輕腳步，朝門口靠近。

「之前，我曾希望讓珂朵莉幸福。」

什麼！

她聽見不能聽漏的一句話，讓心臟差點從嘴裡蹦出來。

「即使不那樣，瑟尼歐里斯周圍的悲劇和不幸也太多了。過去有段時期，我曾想過要改變那種趨勢。可是，我無論如何也辦不到。我的能力一直都太過渺小，做什麼都派不上用場。我不顧一切地努力，只多少獲得了戰鬥的能耐，卻沒有更進一步地留下什麼。

——那我應該已經深切體會過就是了。結果，我還是沒辦法放著那傢伙不管。」

咦？咦？咦？

這兩個人，在這個房間裡談些什麼？

「那傢伙也真是的，像我這種無藥可救的傢伙，到底有什麼部分可以讓她中意成那樣？」

威廉的嗓音像由衷不解地說出這些話。

什麼嘛，你連那麼簡單的事情都不懂嗎？珂朵莉心裡變得有點想使壞。

你啊，是讓我見識到許許多多第一次的人。

在白鐵攤販街，你第一次救了我。視野遼闊的高塔，是你第一次帶我過去的。你第一次讓我見到了許多表情。你更是第一次讓我依賴的人、第一次想幫助我的人、第一次幫了我的人、第一次讓我輸的人，哎喲，要數根本數不完。

所以，當然嘍。

第一次喜歡上的人是你，我覺得是理所當然的事情。

「──這點小事你總該察覺嘛，笨。」

珂朵莉微笑著嘀咕了一句，就在這時候。

「啊啊啊啊啊啊！」

她聽見突然有人大叫。

珂朵莉猛一轉頭，就看見緹亞忒表情驚恐地用手直直指著她這裡。

「學……學學學學姊，顯……顯靈了！」

嘴巴開開閉閉的緹亞忒人都快暈了。

錯了啦我活得好好的才不是顯靈拜託妳安靜否則會被威廉他們聽見——這些話當然不能喊出聲音，總之珂朵莉慌慌張張地揮手，緹亞忒卻完全停不住。

「學姊——！」

她朝珂朵莉抱過來了。

「學……學姊！雖……雖然妳是顯靈的！」

緹亞忒一邊胡言亂語，一邊用雙臂牢牢鎖住珂朵莉的腰。感覺逃不了。不，珂朵莉倒不是想逃離緹亞忒，但她不想被後頭房間裡的兩個人發現，才希望對方安靜。

……當她們這樣糾纏的時候。

「——珂朵……莉……？」

珂朵莉聽見背後傳來了瞠目結舌的低語。

覺得尷尬的她緩緩地回頭。

站在那裡的，當然是他。

「唔，呃……」

威廉說不出話，呆立原地。

他是在傷心？在高興？在生氣？或者都不是？許許多多的情緒交雜在一起，珂朵莉第一次看見那張表情。她想到那全是自己導致的，也跟著說不出話並且呆立原地。

「……真是的。」

看來在混亂的四個人當中，最先振作的是妮戈蘭。她用手肘輕輕頂在旁邊威廉的側腹說：

「好啦。不必找漂亮的詞了，首先只有一句話要說吧？」

「啊……是啊，沒錯。」

威廉總算回神過來以後，只朝珂朵莉踏了一步。

「妳回來了，珂朵莉。」

瞬時間，珂朵莉全身都放棄運作了。

眼眸濕潤得什麼也看不見，胸口收緊停止呼吸，雙腿縮在一起走不動，腦海變成一片空白無法思考任何事，喉嚨顫抖發不出聲音。

「啊……唔啊……」

——我回來了。

如此一句話，怎麼也無法化為聲音。

明明她一直想說。明明她一直準備要說的。

明明決定好，再見到威廉就要用全力表示好感的。當著本人面前，她卻什麼也做不了。

腳打結了……她有這種感覺。

平衡感無視於混亂不休的五感，自己稍微做了點好事。短瞬的浮遊感。珂朵莉原以為會這樣跌倒，下一瞬，她的全身就被接到溫暖的懷抱之中。

「歡迎回來，真的。」

那溫暖的懷抱，偏偏還對她投以溫暖的話語。

那句話讓珂朵莉澈底淪陷了。

她什麼也看不見，聽不到。不能呼吸也不能走動，不能思考也不能講話。

只能將身體交給內心更深處所湧現的衝動——

開始放聲大哭。

怎麼了怎麼了怎麼了——小小的妖精們揉著睡眼，並且陸續走出房間聚集到走廊。

在眾多年幼目光注視下，珂朵莉仍哭得像嬰孩一樣。

「……愛的奇蹟？」奈芙蓮偏過頭問。

「先不管愛或不愛啦，奇蹟這一點是不會錯的。而且，八成屬於要付出莫大代價的那種。」

反正照她的個性，應該根本不顧後果就支付出去了吧……艾瑟雅帶著似乎隨時要哭出來的笑容如此嘀咕。

不久，在哭累的珂朵莉聲音逐漸變小，轉變成靜靜的嗚噎以後。

她的肚子大聲地發出了「咕嚕」的誇張聲響。

後記／規規矩矩的後記

讓各位久等了。我是不太新的作家枯野。

在此奉上退休前勇者與一大群女孩一起在鄉下平靜安穩地放慢步調過生活的故事《末日時（略）》第二集。此話不假。

為了從後記開始讀的讀者，我要先洩漏最可惡的劇情：結果珂朵莉直到最後都無法對威廉說聲「我回來了」。此話不假。

那麼，第三集的舞臺將會再回到妖精倉庫。我預定要連續播放的三齣劇碼分別是：《珂朵莉與病魔奮鬥日記》、《歡聚〈獸〉樂園》、《永別了勇者～復逝於黎明～》不過……其實第一集上市後的銷路好像有點冷清，關於第三集究竟能不能出版，我目前還無法向各位保證。說穿了，不僅限於小說，任何商品要是賣不掉就無法存續下去。可是反過來講，只要有想讀他與她們的後續故事的眾讀者給予支持和協助，應該就能拓展出活路。我說真的。

但願能在靠那樣拓展出來的「明天」，與大家於妖精倉庫再次相會。

二〇一四年秋

枯野　瑛

可以來
發誓嗎？

Kadokawa Light Novels

艦隊Collection 陽炎，起錨！ 1~5 待續

作者：築地俊彥　插畫：NOCO

日本動畫化！超人氣網頁遊戲改編作品！
地點來到北方！出乎預料的苦戰！

為了排除基斯島海域的敵方艦隊，第十四驅逐隊集結到北方的幌筵港灣，與輕巡洋艦阿武隈、木曾和潛水艦丸優逐漸增進情誼，並從丸優身上看見秋津丸的身影。但丸優在任務途中失去下落——描寫燃燒的驅逐艦魂的「艦Colle」官方輕小說第五集登場！

各 NT$180~220/HK$55~68

Kadokawa Light Novels

什麼？有機娘!?

作者：安存愛　插畫：KAWORU

原以為回老家種田＝脫宅人生，
沒想到宅宅夢想居然一一成真!?

剛成為社會新鮮人的御宅族史非宇，由於求職不順外加阿公中風失憶，讓他只能返回老家「青山村」種田。這天他打算收成田裡的農作物，卻發現眼前只剩下一顆巨大高麗菜，裡頭居然沉睡著似乎是高麗菜化身而成的神祕少女……超現實的桃花期，即將降臨!?

NT$240/HK$75

台灣角川

Kadokawa Light Novels

艦隊Collection 鶴翼之絆 1~5 待續

Kadokawa Fantastic Novels

原作、監修：「艦これ」運營鎮守府　作者：內田弘樹　插畫：魔太郎

描繪「幸運航母」瑞鶴等艦娘激戰的《艦隊Collection》正統「戰記」小說，邁入全新局

瑞鶴接到前往特魯克泊地訓練雲龍等新到任艦娘的任務；另一方面，正式踏出偶像之路第一步的輕巡洋艦——那珂也造訪特魯克泊地，然而，深海棲艦的身影已悄悄逼近。敵方砲管瞄準特魯克泊地之際，艦娘們內心的思緒產生衝突——！

各 NT$180~220/HK$55~68

台灣角川

為美好的世界獻上祝福！ 1~6 待續

作者：暁なつめ　插畫：三嶋くろね

公主竟然變成了妹妹!?
超有問題的和真小隊這次要大鬧王都啦！

「好想要妹妹啊。」……想著這種無可奈何的事情的和真，在獲邀參加的晚宴上遇見了小他幾歲的公主，愛麗絲——沒想到就這樣被帶回城裡了！就在和真過著美夢成真般的日子時，聽見在王都暗中活動的義賊的傳聞，竟然主動說要抓住那個傢伙……？

各 NT$180~200/HK$55~60

台灣角川

Kadokawa Light Novels

為美好的世界獻上爆焔！ 1~3（完）

作者：暁なつめ　插畫：三嶋くろね

《爆焔》系列完結！
各位同志啊，就與吾一同步上爆裂道吧！

來到新進冒險者的城鎮阿克塞爾的惠惠，立刻開始尋找同伴。然而，卻沒有任何隊伍願意讓只會用爆裂魔法的她加入；而另一方面，自稱惠惠的競爭對手的芸芸也是一樣，每天都是獨自一人孤零零的——惠惠&芸芸粉絲期盼已久的第三集!!

台灣角川

各 **NT$200~210/HK$60~65**

Kadokawa Light Novels

GAMERS電玩咖！ 1 待續

作者：葵せきな　插畫：仙人掌

——要不要和我……加入電玩社呢？
彆扭玩家們的錯綜青春戀愛喜劇開演！

雨野景太的興趣是電玩，沒有特別醒目的特徵卻又不愛平凡日常生活，屬於落單路人角。儘管他並沒有在學生會發表後宮宣言，更沒被關進雖然是遊戲但可不是鬧著玩的MMO世界……卻受到全校第一美少女兼電玩社社長天道花憐邀約加入電玩社!?

台灣角川

NT$240/HK$75

Kadokawa Light Novels

我與她的漫畫萌戰記 1~2 待續

作者：村上凜　插畫：秋奈つかこ

生駒老師忽然轉學到君島班上
與同班同學相處卻格格不入？

美少女萌系漫畫家生駒亞紀人老師與喜歡戰鬥漫畫的高中生君島泉，合作的漫畫贏得了連載權。新學期開學後君島意外發現生駒老師轉學到他班上，對方卻說：「我可不是因為有你在才轉來這間學校的！」沒想到她與班上同學在相處上顯得格格不入？

各 **NT$180~200/HK$55~60**

不起眼女主角培育法 1~9、FD、Girls Side

Kadokawa Fantastic Novels

作者：丸戸史明　插畫：深崎暮人

天敵波島伊織加入後新生的「blessing software」終於開始加緊腳步，然而⋯⋯

為了讓遊戲趕上冬COMI，眾成員全都卯足全力。然而，過去的伙伴英梨梨畫的一張圖在社團裡掀起風波——出海對勁敵的進化感到顫慄，加藤壓抑不住對好友的惱火，至於應該已經與青梅竹馬和好的我⋯⋯新生社團初臨危機，救星竟來自意想不到的地方！

台灣角川

各 NT$180~190/HK$50~58

國家圖書館出版品預行編目（CIP）資料

末日時在做什麼？有沒有空？可以來拯救嗎？/ 枯野瑛作；鄭人彥譯. -- 初版. -- 臺北市：臺灣角川，2016.04-

冊；　公分

譯自：終末なにしてますか？忙しいですか？救ってもらっていいですか？

ISBN 978-986-473-045-2（第 1 冊：平裝）. --

ISBN 978-986-473-228-9（第 2 冊：平裝）

861.57　　105003099

Kadokawa Fantastic Novels

末日時在做什麼？有沒有空？可以來拯救嗎？ 2

（原著名：終末なにしてますか？忙しいですか？救ってもらっていいですか？ 2）

2016年8月11日 初版第1刷發行
2023年10月16日 初版第13刷發行

作　者：枯野瑛
插　畫：ue
譯　者：鄭人彥

發行人：岩崎剛人
總編輯：蔡佩芬
編　輯：彭曉凡
美術設計：李思穎
印　務：李明修（主任）、張加恩（主任）、張凱棋

發行所：台灣角川股份有限公司
地　址：104台北市中山區松江路223號3樓
電　話：（02）2515-3000
傳　真：（02）2515-0033
網　址：www.kadokawa.com.tw
劃撥帳戶：台灣角川股份有限公司
劃撥帳號：19487412
法律顧問：有澤法律事務所
製　版：巨茂科技印刷有限公司
ISBN：978-986-473-228-9